senryu hitori aruki

川柳ひとり歩き

武山博川柳エッセイ

新葉館出版

All the world's a stage,
And all the men and women merely players.
by William Shakespeare

はじめに

武山　博

突然お手元にお届けした本書ですが、ページを開けていただきましたこと、先ずは御礼を申し上げます。

本の中に入られる前に、構成についてご案内をしたいと思います。二部構成になっておりますが、第一ステージは第三十三回岐阜県川柳作家協会の大会で、私が話をすることになっていた内容を脚本形式にしたものです。一人芝居用の台本とでも解していただくと判りやすいかと思います。何せ、人様の前で四十分もの話をするには、話す事柄を前もって用意しおかないと、途中で急停車してしまいますので、台本として用意しました。これはその原本です。途中でお酒を呑む場面まで用意をしてあります。勿論水です。演技は？　台

All the world's a stage,
And all the men and women merely players.
by William Shakespeare

詞は？　何せ元劇団未来座ですから、要領は心得ているつもりです。
この第一ステージをお読みいただければ、現在に至った私の半生記の輪郭が浮かんでまいります。いやいやそんなことはどうでもよく、何故川柳を創り続けてきたかということさえお判りいただければ幸いです。

本文の各ページにはピエロとシェークスピア作「お気に召すまま」（第二幕第七場）の台詞がカットとして描かれています。これが、私の観察眼の原点で、五十年この方愛用している、私用便箋の上部にも描かれております。

題字／著者

All the world's a stage,
And all the men and women merely players.
by William Shakespeare

川柳ひとり歩き

目次

川柳ひとり歩き

第一ステージ・公演用台本（２０１９年）

「川柳！　ひとり歩き」

これから、しばらく時間を頂いて、勝手なことを喋らせてもらいます。

この会場の近辺には、お茶を飲んだり、食事をしたりする店が殆どありません。

十五分も歩けばあるのですが、本日参加の皆様方はここから見回した限りでは、長く歩くことが難しい方ばかりのようです。

ですから、お弁当の方から、皆様のお手元にやってくるようにしておりますので、それまでの間しばらく、お耳を私にお預けいただきますよう、お願いいたします。

といっても、大した話をするわけではありませんし、出来るわけでもありません。皆様のレベルに合わせた？　ごく一般的な内容ですから、楽な気持ちでお付き合いを頂ければ幸いと思っております。


――升に酒を一杯…皿に零れる程度に。ずーっと啜ってから

「どうして、酒瓶と升がおいてあるの？」と思われたでしょう？

皆さんの来ていただいた大垣という町は、面白い条令を持っております。

市内で開催される催し物、パーティ、レセプション、祝賀会等々、その開会にあたっては、まず地元酒造メーカーの地酒で、しかも木で作った升で乾杯をすることになっています。酒は判りますが、どうしてグラスでなくて升なの？　飲み屋じゃあるまいし…と思われていることと思います。…実はこういう訳です。大垣は、もともと木工業が盛んで、昔から升の生産量が日本一でした。九割が大垣で生産されていたそうです。木の升をあまり使わなくなった現在でも、それは変わりありません。養老鉄道の記念乗車券まで木の升が使われたことがありました。

もう一つが衣紋掛けです。以前は木製でしたが、今はプラスチックですね。でも、今でも高級な洋品店や仕立て屋では、木製の衣紋掛けが使われているようです。

そんな訳で、私も条例に従って口開けの一杯を頂きました。「大垣城」美味い酒です。

まず簡単に自己紹介をさせて頂きます。

私は、昭和十六年八月二十八日に北朝鮮は咸鏡北道城津郡城津邑という所で生まれました。太平洋戦争の始まる直前です。満七十九歳になりました。

そして、敗戦の年、昭和二十年十月に引揚げて来ました。引揚げ船の名前は興安丸です。

――スクリーンに北朝鮮の地図と興安丸

「北朝鮮からよく帰れましたネ」と言われるのですが、親父が鉄道員で、敗戦の少し前に京城（現在のソウル）、に転勤していたためラッキーでした。でなければ、今ここで話しをしていられなかったかもしれません。

最近になって判ったことですが、鈴鹿川柳会の吉崎柳歩さんも同じように引き揚げて来られたそうです。

ひょっとして、薄暗い船倉の中、私達の隣で泣いていた赤ん坊

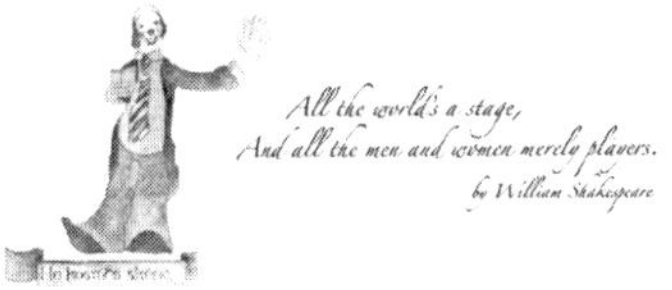

が今の柳歩さんだったのか！

　これは冗談です。私も四歳でしたから、記憶にありません。自分の記憶としては、一緒に乗船していた復員の兵隊さんの間を、乾パンと一緒に入っている金平糖を漁って回ったことくらいです。

　そして落ち着いた引揚げ先が、愛知県の奥町という町でした。それからお隣の稲沢町に引っ越し、小学校の四年生まで暮らしましたが、頭に残っていることは、とにかく腹が減って仕方がなかったことでした。

　給食は当時ありませんでした。お弁当を持って学校に行くのですが、持ってこれない子が何人もいました。昼飯の時間になると席が幾つも空きます。校庭のブランコで遊んでいるのです。私も時にはその中にいたり、蒸かし芋だけだったりという時代でした。

　五年生で大垣に来た頃には、給食制度があって、大垣はいい所だなぁ、と子供心に喜んだものです。

――一口啜る

小学生の時は、これでも成績が割と良かったのです。成績表は上・中・下の三ランク評価で、全部「上」でした。

それで褒美として、親父はハモニカを買ってくれました。学校では器楽部に入って合奏の練習です。今でもその時の曲を覚えています。『ガヴォット』でした。

私は、少々吃音があります。皆さんは殆ど気がつかないと思いますが、「た」で始まる言葉はどもる時があります。私の名前は「武山」ですから、自己紹介をする時は、聴こえない位の小さな言葉で他の言葉を付け加えて「武山」といいます。子供のころに、吃音の友達の真似をして、移ってしまったのです。それを直すために母親から薦められて大きな声で本を読んだり、歌を唄ったりするようになり、今に至っています。大垣川柳会の人達もわたしがどもることを知らないと思いますが、秘密です。

——一口

All the world's a stage,
And all the men and women merely players.
by William Shakespeare

さて、前置きはこのくらいにして、私と川柳について話したいと思います。

ご覧になって判ると思いますが、至ってスマートだと、自分では思っています。

（笑わないでください。本当のことですから）

体格はガッチリしていますが、運動は全く×です。子供の時から運動神経が鈍く、野球やソフトボールは勿論、テニス、三角ベース、ドッジボール、水泳と全てが女の子にも負けるというありさまでした。だから、腕白仲間からは一切声がかかることはありません。

それがこんな体格になったのは、満六十四歳になって仕事を退任して、腰痛を治すためにプールを薦められたからです。数か月でだいぶ楽になったところ「今止めると戻るゾ」と脅され、それが怖さにプールでストレッチの運動を続けている内に筋肉が付きました。躰も随分柔らかくなりました。

――前屈をする

ですから今は怖くて止められません。

スポーツ・運動と名の付くものはこれだけで、今もってサッカー、プロ野球、ゴルフ、オリンピックなどは観たこともありません。ニュース程度です。ひたすら勉強(?)です。

スポーツ嫌いの私は、子供時代から本ばかり読んでいました。寝転んで、炬燵の中で等、姿勢がひどく悪いもので、その所為で背骨が曲がった、姿勢が悪くなった、と言われています。

今も、読む本のジャンルは決まっていませんが、子供の頃は雑誌ばかりです。『冒険王』『少年』、小学館雑誌などですが、後はマンガ、いまでも長谷川町子さんのマンガは全部持っています(『サザエさん』『いじわるばあさん』『仲良し手帖』『似たもの一家』『エプロンおばさん』『新やじきた道中記』など)。

特に少年雑誌では雑誌名は忘れましたが「こっけい和歌」の

ページが好きでしたし、中日新聞（だった？）の「さんミリ・コント」が好きで毎日が楽しみでした。

中学の修学旅行の時、行き先は東京で、二泊三日でした。宿題の課題が出され、感想文原稿用紙十五枚という膨大なものでした（だからはっきり覚えてします）。

私がやったことは、安藤広重の「東海道五十三次」を真似して「こっけい和歌五十三句」でした。五七五七七で五行になり、原稿用紙一枚につき四首書くと表紙をつけてピッタリと十五枚です。行の上と下が数文字空きます。文字数にすると漢字も入れて二割程度で済んでしまいます。先生からは「お前の宿題はインチキだ」と叱られましたが、上手いこと考えたナと笑って許してもらえました。

私の両親は、二人とも百人一首は好きで、全部下の句から上の句が言えるくらいでしたから、私も子供心にほぼ諳んじていました。そんなことからも、五十三首もさほど重荷を感じずに、創れたのだと思います。勿論内容はハチャメチャでした。

これが私の七五調事始めです。

——一口啜る

高校生になって、たしか国語の教科書だったと思いますが、詩、短歌、俳句と並んで川柳や狂歌も載っていました。

——スクリーン

「役人の子はにぎにぎをよくおぼえ」

これは解説の必要なしですネ。

「太閤は四石の米を買いかねて
今日も五斗買い明日も五斗買い」

（太閤は四国の米を買いかねて今日も御渡海あすも御渡海）

四国のお殿様を従わせようと、脅しで舟を出すという所でしょう。

思わず大笑いしたことを記憶しています。それ以来、川柳というものに興味を持ちましたが、主に読んだ本は古川柳の解説でし

All the world's a stage,
And all the men and women merely players.
by William Shakespeare

た。年頃でもありますし、古川柳解説も、破礼句の方が多くなりました。仲間で回し読みしていました（破礼句は色ごとの句です）。

私は、大垣北高校という進学校に通っていましたが、高卒で職につくことになりました。親父が大病を患い「学費が出せないから大学は諦めろ」と言われたのがきっかけでした。小中学生のころと違って、成績も然程よくはなかったので、素直に進学を止め銀行に就職しました。あとになって、これが私の人生に大きな影響をもたらしたのです。

高校時代は演劇部に所属しました。その理由は、先ほども少し吃音の話をしましたが、その矯正の意味もあって声を上げて本を読む、歌うということを言いました。

もともと好きなせいもありますが、声を出すことに慣れていましたので、すんなりと演劇部にとけ込めました。その担当教師から「この町には未来座という劇団がある。お前就職するのならやってみないか？」と言われました。後で判ったことですが、その先生も未来座の座員で、仲間が欲しかったようです。私もその気になり、卒業と同時に劇団員になりました。これが現在の私に繋がることになりました。

——一口啜る

いよいよ「川柳と私」についての話に入ります。

ある日、中日新聞の川柳欄に大垣の方の投稿作品が掲載されていました。句は忘れましたが、名前は「法月俊夫」さんでした。私が五十五歳くらいの時です。法月さんに電話をして、その句の内容を確かめたことがあったのです。法月さんは電話口で「武山さん川柳に興味があるの？　一度出てらっしゃい！　大垣川柳会へ」そして、ノコノコ出ていったのが今日に至る訳ですから、縁というものは単純なものですね。「袖振り合うも他生の縁」といいますが、袖も振り合っていないのに電話でちょっと声を聴いただけで縁になってしまいました。それが、平成十年の九月でした。

All the world's a stage,
And all the men and women merely players.
by William Shakespeare

その頃の大垣川柳会の機関誌『麋城』に初めての私の句が掲載されています。それから逆算しますと、私の川柳歴は二十二年弱と言うことになります。

今、皆様の中から声が聴こえて来ました。

「二十年やそこらで、大きな顔をするんじゃないよ！　今日の参加者の中だってそれより古いのは一杯いるゾ！」って。

本にその通りなのですが、これには私たちの事情もありますので、お許しを頂きたいと思います。何せ、大垣川柳会は二年連続の赤字なのです。金額は大きくありません。ほんの数万円なのですが、外部から立派な講師を招請するには予算が厳しいものですから。「お前がやったら只で済む」という訳です。

アレ？　どこからこんな愚痴になったんだろう。アそうだ、私が川柳を始めて二十二年目からですね。戻ります。

それから数年、並み居る大先輩の指導を受けて、だんだん川柳の世界に馴染んでいったというのが正直なところです。

当時お世話になった法月先生始め、大勢の方々が既に鬼籍に入られましたが、今振り返ってみても昨日お逢いしたばかりのように、にこやかに声をかけてくださいます。

――指さして

空の上から、地の下から、勿論今もお元気で句を創っておられる方々まで。

――一口

小林邦弥さん、古池孤月さん、木野村忍さん、宇津光男さん、米山方士さん、北川健治さん、衣斐笑石さん、木村和彦さん、伊藤竹望さん、中川治舟さん、藤橋多美さん、今井きよ子さん、安部紘子さん、桑原みよ子さん、杉山はつ子さん、田中裕子さん・・。

今日お集まりの方の中にも、お知り合いが大勢居られるのではないでしょうか。

All the world's a stage,
And all the men and women merely players.
by William Shakespeare

さて、そんな中で岐阜県川柳作家協会の第十七回大会が開催されました。私が初めて事務局を担当させていただいた大会ですから、記憶も鮮明にあります。大垣市民会館にて開催しました。

その大会で珍しいものが手に入りました。

――スクリーン

それは「緑《みどり》」という川柳の機関誌でした。これは、現在名古屋で活躍している「川柳みどり会」の機関誌とは違うようだ、と会長の渡辺和尾さんは言っておられました。

名古屋川柳社の松代天鬼会長（当時。現会長は杉本憩舟氏）が「武山君、珍しいものを見つけたから」と言って譲ってくださったものです。

戦後間がない頃の名古屋における柳社の機関誌で、その中に大垣から参加していた三人の名前がありました。その一人が「山田柳影」と言って、未来工業の創業者である山田昭男の号だったのです。俳句をやっていたことを聞いてはいましたが、川柳は初耳でした。

翌日、会社で本人に確かめた所、素直に認めて話してくれました。戦後間無しに大垣でも川柳に参加をしていたようです。大垣には当時の柳社の形跡が残されていません。大垣川柳会が発足するまでに、かなりの空白期間があります。その理由は判りませんが、山田柳影らが柳社を結成していたことは確かのようです。

その後、未来工業としてもいろいろ手を尽くし、山田の句を探し出し六、七十句確認しています。幾つかを紹介します。

―スクリーン

○　灯を点す邪心掴んだままの手で
○　守銭奴となれず寒流掌にこぼる
○　貌蔽う父は踊りの娘を探す
○　寝首かかれて未だ生きている
○　雪を着て女は白く白くあれ

この中で、三番目の「貌蔽う父は踊りの娘を探す」の句は浜松か

All the world's a stage,
And all the men and women merely players.
by William Shakespeare

岡崎かの大会で、川柳六大家の一人、大阪・番傘の岸本水府さんから特選を貰ったと、山田が言っていました。

これ等の句が、当時二十歳くらいの若僧の句なのかと目を回してしまいました。

しかし彼は、突然川柳の世界から遠ざかりました。その理由は、問うても笑って答えませんでした。何かあったのでしょうが、他の句を読んでも伺い知ることはできませんでした。それから間もなく彼は演劇に足を突っ込むのです。岐阜の劇団でした。

私が、その後の山田と出会うのは昭和三十三年です。高校二年の頃で、大垣で劇団未来座が旗揚げをした時です。「夜の来訪者」という新劇公演を観たときでした。それが、私が演劇部に入るきっかけになりました。そして卒業と同時に、教師にも勧められて未来座に加わることになりました。

——一口啜る

先程、大学進学をあきらめて銀行に就職したと言いました。昭和三十五(一九六〇)年という年は、日本中が騒いでいました。皆様も記憶があると思います。そう、日米安全保障条約です。世間が真っ二つになって賛成！　反対！　と叫んでいました。正しく言うと、叫んでいたのは反対の側だけでした。

劇団未来座も反対の立場でデモなどに参加しました。政治団体や労働組合なども連帯しての運動でしたから、私の周りにも、そういう運動をする知り合いが増えてきました。当然のことですが公安が動きます。

大人しい私も公安の目に触れることになり、勤め先の銀行にまで問い合わせなどが入るようになりました。

劇団未来座は安保反対の運動には参加しましたが、政治活動は嫌いました。色々な理由があるのですが、どちらかというと芸術至上主義的な感覚であったと思います。俺たちは芸術家といった思い上がりでしょうか。

しかし、未来座が取り上げるお芝居は、革新的な作家の脚本が多くて、当時の演劇活動が左翼的だと思われるのは当たり前のことでしょう。革新的イコール反体制という短絡的な思考で、社会及び企業は政治活動をする社員を遠ざけるようになりました。これは、政治家と繋がりの深い経営者の団体などからの方針もあってのことだと思いますが、転勤が相次ぎました。

　未来座内でも、東京へ、九州へ、大阪へなどと転勤があり、劇団活動がやりにくくなりました。

　加えて座長の山田は父親の事業から首切りを申し渡されました。仕事よりも演劇ばかり熱心では、他の従業員の手前もあり、雇っておけない。という理由のようでした。私から見ても納得できるほどですから仕方ありません。

——一口啜る

　こうして劇団未来座は解散、というより立ち行かなくなり休座することになりました。

山田はその時の仲間を誘って、新事業を立ち上げました。それが未来工業で、昭和四十年六月のことです。未来座の名前を踏襲しています。

その折「なア武山、初めから何人も飯は食えん。落ち着いたらお前も手伝えナ、また芝居もやりたいしナー」と言っていました。私も、「そうやな。」と相槌を打っていましたが、なにせできたばかりの借家住まいの工場ですから、銀行に残る方を選択しました。

しかしその後、昭和四十七年の三月で私は銀行を退職しました。創業して六期が経ち、年商は三億五千万、社員数は三十名程でした。

私が銀行を退職するということを聞いて、職場の仲間からは、「お前はアホか！」「なんでそんなチッポケな会社へ行くんだ？」と嗤われました。当時の銀行員は「うちの娘とどうや！」「養子に来てくれへんか？」「事業を継いでくれないか」などと誘われたものです。だから中途退職をすると「何か悪い事でも？」「使い込み

でも？」と言われたものです。私は、会社の設立時から資金繰りや、設備投資やら、決算処理やらに加わってきましたので、その旨を文面にして、知人や、お世話になった取引先にご挨拶をして退職をしました。

そういえば、先程口に出してしまった鈴鹿の柳歩さんも、地元の銀行に就職され、中途で退職され、いまのお仕事につかれたと最近知りました。引揚げ船から、職歴から、何とよく似た犯罪歴（？）かと驚きました。こんなことを言うと、柳歩さんに叱られるかも。

しかし、その後の未来工業の業績は、目覚ましい発展で、昭和四十（一九六五）年創業以来五十三年間すべて黒字決算で、現在では東証の一部に上場しています。ただし株価はここんとこ低迷していますけど。

――スクリーン、未来工業の写真出るか？

第十七回岐阜県川柳作家協会の大会で、名古屋川柳社の松代天鬼さんから古い柳誌を頂いたところから、脇道に入りましたが川柳の話に戻します。ここで改めて「川柳とは」という本題に入りたいと思います。

先程、劇団未来座の座員が、遠くへ転勤したと言いました。その内の東京へ行った者と、大阪へ行った者、大垣に残った私、の三人が偶然に川柳の道に入りました。誰も話し合いをしていませんでした。山田の話も知りません。たまたま赴任した先で、川柳を作り始めたのです。私もかなり後になって彼らが川柳を創っていることを知りました。二人共、地元紙の川柳欄が切っ掛けのようでした。

「この偶然は何やねん」と。山田と話し込むうちに、こんな結論に到達しました。

先ず、三人の共通点は、劇団未来座という土壌。そして、それぞれが本好き、新聞好き、三人とも安保闘争の参加経験が共通項です。

○　芝居は、人間を表現するもの

All the world's a stage,
And all the men and women merely players.
by William Shakespeare

○芝居は、人間を観察するもの
○舞台は、人間を表現する場
○舞台は、人間が生活する環境

これに対して、川柳を考えてみました。

○川柳は、人間を詠うもの
○川柳は、人間の営みを詠うもの
○川柳は、人間が創る社会を詠うもの
○川柳を創るとは、生活の場所を創る

要するに、舞台を創るということと、川柳を創るということは本質的には同じことではないだろうか。

私は演劇を通して人間を観てきました。社会を観て来ました。それが今は川柳を通してヒトを観ている、社会を、世界を観ているということに気付いたということです。

そんな見方をしていると、未来工業の経営が理解できます。今でも世間的には話題の多い企業です。今風に言うならホワイト企業と言われます。ブラック企業の反対の企業です。人間のあるべき姿を社員に要求しません。あるがままを経営に反映しようとしてきました。ドキュメント番組の「ガイアの夜明け」に取り上げられましたし、中日新聞にも長く連載されていました。

○　残業なし
○　年間休日　社休日だけで一四〇日
○　年間労働時間　一六三〇時間程
○　社員の海外旅行　全額会社負担
○　ミライ・コミュニティー・シアター
○　年間三万件余の提案件数
○　高平均給与？

それでいて高収益等々。

キレイごとは此処までです。本日の本題に入りたいと思います。

現在、川柳の人口が少なくなっています。どの柳社でも、加入している会員数が増えていません。否、だんだん減ってきているようです。そして、どの柳社の会長さんも「この会員を増やした

All the world's a stage,
And all the men and women merely players.
by William Shakespeare

い。若い会員を！」と一様に口にしています。

私が、大垣川柳会の会長をしていた時も、同じでした。約十年前です。そして会員数は増えていません。むしろ減っています。現状は一進一退で三十九人です。

他の柳社ではどうでしょうか。増えていますか？　減っていますか？　恐らく増えている柳社は少ないと思います。人口の高齢化は随分速い速度で進んでいます。ならば、高齢化が会員数の減少理由になるのはおかしいと思いませんか。むしろ増えなければならないと思います。

勿論、現在の皆さんは高齢化により参加できなくなる、他界されるということは当然出てきます。要は、減った分だけ補充できてない。対象は多くなっているのに、ということでしょう。私は、ここのところに目を向けるべきだと思います。ここで川柳人口が増えてもよい環境であることを、幾つか挙げてみます。

——スクリーン

○老齢化速度が速まってきている
○各地の地方自治体が毎年文芸大会を開催している
○企業による公募川柳の増加
○企業の定年制度の延長
○公によるボケ防止活動（成人学級等）
○ネット技術の普及（ネット投句）
○サラリーマン川柳は相変わらず盛況
○老人だけの世帯が増加
○交通費の無料化、補助システム
○地区の市民活動拠点の整備

挙げるともっとあるのかもしれません。このように、柳社を取り巻く環境はよくなっているということを前提にして、柳社として、柳人として、どんな対応をすれば川柳に興味を持つ人を増やせるのでしょう。

これも幾つか挙げてみたいと思います。

○定年は誰にもやってくる。早めに定年後の準備を、と呼びかけを。

○「二千万はもう溜まってますか？　これからですか？
川柳は鉛筆とメモ用紙だけしかいりません。安上がりです。」

○地方自治体の文芸祭に積極的に参加を

○成人学級など、行政もお金を使っています

○ネットなどの機器、システムの利用。日川協・新葉館出版等に、老人も使える簡単なシステムの開発や貸出しを促しましょう

○サラ川を貶さない（寧ろ入口）

○地域公民館で句会、講座を開こう

○半年くらい出前講座を（後は柳社へ）

○各柳社句会での、新会員への対応

○数か月は二部制

○句会終了後の反省会・懇親会

○句会、大会のIT化促進（本日の運営も苦労しています。未来工業㈱情報システム課長の橋本正就さんにシステムを造って貰ってます。彼がいないとどうなることやら、ですが）

これも挙げるともっとあると思います。

私は、バック・ナンバーの柳誌を常時持ち歩いています。呼びかけたヒトに参考に渡せる、連絡先が分かるようにです。そして必ず、川柳に対する先入観を訊き「面白、可笑しく」ばかりではないことを判って貰うように努力をしています。

――懐中時計を見て

どうでもよい事をクドクドと、長々とお喋りをしました。これもみな、大垣川柳会の会計事情がなせることです。平にお許しをお願いします。

どうやら、お弁当も届いたようですし、私の舌も、こいつ（お酒）の所為で回りにくくなってきましたのでこの辺りで失礼をいたします。ホントありがとうございました。

お弁当とお茶を、皆さんのところまでお持ちします。自分で受け取りに行って、転んだりしたら大変です。封筒に入れてあるお弁当の引換券を前に出して、そのまま席でお待ちください。

長時間のお付合いをありがとうございました。

——礼

—幕—

第二ステージ
川柳　ひとり歩き

All the world's a stage,
And all the men and women merely players.
by William Shakespeare

畳に入る日脚で四季を語る母

彼岸を過ぎて、もう一か月になるネー、日が短くなって、これからは一日に畳の目の一つずつ陽射しが中に入ってくるようになる。

妣《はは》は折紙が好きでした。鶴は誰でもが折れるけど、と言いながら、ツバメ、蛙、菖蒲、百合と、いろいろ折っては溜めこみ、孫たちが来るとやっていました。

というと優しいホンワカの婆ちゃんのようだけど、本当のところは大きな声で歌うは、口笛を吹くはと、結構やかましい婆ちゃんでした。

All the world's a stage,
And all the men and women merely players.
by William Shakespeare

差別語を使わぬ人もまた差別

知人の中に、学生時代に部落差別の研究会に加わっていた人がいました。彼との会話の中で「ヒトは何故差別をするのか？」という話題になりました。彼は、赤ん坊が生まれたとき、「五体満足で生まれて良かった」という言葉が差別の原点ではないかと聞きました。以来私は、知人の孫が生まれたときは「よく泣く赤ちゃん？」と聞くようになりました。そんな意識をするということは、私にも差別感があるということ？

All the world's a stage,
And all the men and women merely players.
by William Shakespeare

蟻踏んで托鉢に出る修行僧

知人の坊さんにこの句を見せたところ、彼は「うーん」と唸っていました。そしてボソッと「正直なところ、そんなこと考えたことがない」と言いました。生命に対する尊厳などといいますが、一般的にはその程度のことだと思います。自分の身近に起きる死以外は。

この世相俺も持ちたいビアスの目

アンブロース・ビアスは米国の短編小説家で、その著作の中に「悪魔の辞典」があります。例えば「大砲」の項は「国境を修正するのに用いる道具」との定義があります。物事を有るべき姿でなく、あるがまま観てしまう感性です。川柳を創るには素敵な素養だと思いませんか。

All the world's a stage,
And all the men and women merely players.
by William Shakespeare

草臥れたレーニン横になっている

ソ連が崩壊して諸国が独立国になりました。各地で引き倒されたレーニン像の写真が紙上に掲載されました。社会主義に関する書物を何冊も読んだ身としては寂しい限りでした。今も、革命で成った国は幾つかありますが、社会主義の面影はなく、一党独裁だけが残っています。お疲れさまでした、レーニンさん。

ナマンダブ日本語訳はどっこいしょ

難しい法論はよろしい、「南無阿弥陀仏」とだけ唱えなさい。と教えられ、ついには「ナマンダブ」となりました。齢を取ると、立つとき座るときでも「ナマンダブ」です。感覚的には「ヤレヤレ」とか「ドッコイショ」とか言うところですネ。

All the world's a stage,
And all the men and women merely players.
by William Shakespeare

国民が危なく見えて治安維持

為政者になると、まず自分に反対するものをチェックします。体制がどうであろうとです。ましてや独裁者ならなおさらです。遂には自分の仲間や、血縁者までもが用心の対象になり、取り締まるための仕組みを作ります。自分の安全のために。国家の治安はその次にです。

轢死の犬に回向もせずに抜ける僧

私は、魚や肉を食するときには必ず「頂きます」と言います。命のあるものからそれを奪うのですから、信仰心のない私でも、子供の時の躾どうりです。同級生の大寺の子もやはり同じでした。句意は、私が勝手に思い込んでいるだけなのでしょう。こういう場面に巡り合ったことがないものですから。

All the world's a stage,
And all the men and women merely players.
by William Shakespeare

殺虫剤撒いて逃げ道ソッと開け

昔、機器メーカーの社長時代にカブトムシを自販機で売ったことがあります。本当は野菜の自販機ですが、温度管理などができるため、カブトムシを入れてみたのです。新聞種になり日本中のお母さん方から抗議を受けました。その抗議にご返事を出した中に加えた私の一句です。皆様からは私の言い訳に対してお礼状が届きましたことを申し添えます。

六十は神に盾突く歳でなし

論語の中に「吾十有五にして・・・」の節があります。その終わりに「・・・六十にして耳順う。七十にして心の欲する所に従って矩《のり》を踰《こ》えず」とあります。六十になると誰の言葉も素直に聞ける。ということです。それで六十歳を耳順というのです。

All the world's a stage,
And all the men and women merely players.
by William Shakespeare

教団はヨイショの弟子が創りあげ

ホントのところは判りませんが、釈迦は仏教の組織化なんて考えてなかったと思います。高弟の一人が、釈迦の悟りを広めたくて教団的な組織を設けたのだそうです。釈迦にヨイショをしたわけではないのでしょうが、無信心の私にはそう思えました。叱られそうです。

祓い給え清め給えと増す差別

どの民族にも宗教的な概念があります。その代表的な存在が神や仏ですが、形にしたのは人間です。さらに、教義や、式典、場を設け管理運営する人を用意しました。その運営者が、いろいろ忖度して、人種、身分、職業、性、さらには財産や権力を含めて力の強弱によって差別が始まりました

All the world's a stage,
And all the men and women merely players.
by William Shakespeare

古代より賤民は居たおおらかに

社会的な人の歴史は、僅か数千年前からです。群れが群れを襲い、負けた方を従属させ、それをさらに強化するための仕組みづくりの中で国の概念を組み立ててゆきました。その過程で身分制度が組織化されてゆきました。その犠牲になったのが、被支配者、弱小の民族でした。身分制度が宗教と繋がったとき、現代の差別主義の根が醸成されました。

現代の差別は、表面的には隠されるようになっただけです。寧ろ、陰険になったと思います。インドのマハトマ・ガンジーは不可触賤民の解放者と言われますが、実際は、カーストの外から中に加えただけと言われています。それでも大変な改革だったのでしょう。この問題を論ずるには、このページの数百倍を要します。

All the world's a stage,
And all the men and women merely players.
by William Shakespeare

新しく新平民という差別

明治維新という大革命は、世界に類を見ない無血の大改革でした。それで「維新」という言葉を当てていますが、近代化という面ではその通りですが、英文では「復古」の意味の言葉が使われています。要は、「王政復古」です。その中で旧来の身分制度が改革されました。それまでは、貴族の下に、士農工商さらに非人の門別帳がありました。それがなくなり、あらためて新平民と言われるようになりました。平民の中に加えるというだけのことでした。そして士農工商の区別も取り払われました。世の中は皇族、華族（大名家などの呼称変更）、平民の三つで、第二次大戦後、華族も廃されました。

　各国で差別廃止の努力が進んでいますが、民衆の意識の中には、まだ根強い差別意識が残っています。

All the world's a stage,
And all the men and women merely players.
by William Shakespeare

この程度の民と要人からいわれ

与党の大物政治家が口にした言葉です。マスコミにも流れました。私は、「この程度の民は、この程度の政治がなされた結果である」と思っているのですが、皆さんはどう思われますか？

斡旋は仕事と言った議員居る

議員という役目から、国家レベル、地方レベルを問わずいろいろ口利きを依頼されます。しかしそれは付随業務であり、種の仕事は立法にあると思います。そのために歳費などが支払われている筈です。それを、自分が加わろうが、秘書が勝手にやろうが、裏で金が動くことには納得がゆきません。

All the world's a stage,
And all the men and women merely players.
by William Shakespeare

母強し四人も欠けて不信心

長男を一歳で亡くしています。長女は三十八歳で癌でした。四男は四十二歳でこれも癌です。夫は九十四歳で他界しました。身近な者が四人も死んでいるのに、仏事・法事は私の妻に任せっぱなしです。ある時こんなことを言いました。「帰って来るならやるよ」と。私はその母によく似た倅です。

死して尚標本にしてさらされる

ベトナム戦争で、アメリカ軍により散布された枯葉剤のため死産した赤ちゃんの標本を現地の資料館で見たことがあります。他に、国家の英雄として、火葬や埋葬をせずに、防腐処理をして安置されている死体もあります。また、立派な宮殿の中で永遠に眠っている御遺体もあります。意図は明白です。どの遺体も見せるためです。

All the world's a stage,
And all the men and women merely players.
by William Shakespeare

洋の東西問わず坊主は生ぐさい

仏教に携わる方はお坊様ですが、新聞沙汰になるような人には御とか様は付けにくいです。牧師や司教のセクハラがよく紙上で話題になりました。どの宗教界にも、生臭い人はいます。日本でも、詐欺、脱税、遣い込みなどさまざまです。ヒトを説教する立場なのに。スタンダールの「赤と黒」は貴族と司教の着物の色で、乱れた世界を象徴させています。

孫の目は足柄山のふもとまで

妻が孫に昼寝をさせています。ママはお買い物で、家が近いのでいつも託児所を仰せつかります。その折、童話の本を読み聞かせするのですが、寝付きの良い児ですぐ目を閉じます。金太郎も、桃太郎も、かぐや姫も、一寸法師も、ほとんどが二、三頁捲るうちに「それで？」が出なくなります。

All the world's a stage,
And all the men and women merely players.
by William Shakespeare

絵心が見えて落書き消さず置く

六年生の頃だったと思います。授業が退屈でA君はノートに絵を描いていました。黒板横の棚にあった石膏像で、それがヴィーナス像とは、中学に入ってから知りました。A君は先生に叱られ、ノートは取り上げられましたが、そのページを切り取って返してもらいました。その後彼の絵はヴィーナス像の隣に画鋲で張ってありましたが、見事な出来でした。

家系図がたとえ無くともおれは俺

人気のあるタレントの家系を追う番組があるが、私は好きではありません。私は、父方も母方も、祖父母の前は顔も知らずに育ちました。話題になったこともありません。最近の新聞でヒトの遺伝子は九十八％がサルと同じだと載っていました。

All the world's a stage,
And all the men and women merely players.
by William Shakespeare

最高の博奕 この世に生を受け

何億個かの精子の内、たった一個だけが卵子と巡り合えて受精卵になるのだそうです。そしてやっとこの世に生まれることができました。精子時代から見れば年末ジャンボ宝くじ以上の確率で生きてきました。そんなエリートの私が、ダラダラと年金暮らしをしていてもいいのかと思ってしまいます。

食う時は誰も殺生口にせず

戦後引き揚げてきて間がない頃のことです。愛知県奥町の祖母の家で晩御飯をよばれました。鶏肉でした。その家の児が「おじいちゃんが絞めた」と言ったので、その後は誰も喋らなくなりました。そこのニワトリは全部に名前がついていて「アカ」だけが居ませんでした。

All the world's a stage,
And all the men and women merely players.
by William Shakespeare

瞬きと動悸 周期が合って恋

パーティ会場とか、コンサート、はたまた通勤電車の中など、いろいろな場所で素敵な女性と出会います。もちろん偶然ですが、私は彼女を束の間の恋人にします。会釈をしたり、声をかけることもかけられることもありませんが、幸せな一日だったと思えます。

この人は眼鏡の奥が笑わない

大勢の方と面会をしますが、こういう人ってありますね。どういう訳か私を見据えて話をします。こういう場合、私も構えて言葉をかけています。きっとこちらの目も笑ってはいないと思います。相手の方も、こいつは目が笑っていない、油断ができない、と思っているのでしょうね。

All the world's a stage,
And all the men and women merely players.
by William Shakespeare

偉いのは神をデザインした男

どの宗教も事の始まりは怖れだと思います。人間の力ではどうしようもない事象に対し、「どうしたら？」という切実な思いが行き着いたところが○の存在でしたこの○をデザインした人が幾人もいるのです。その人たちは、ある者は部族の長として、ある者は預言者として、またある者は自身を神として台本を脚色しました。

大方は釈迦と阿弥陀の区別なし

釈迦は部族の名です。その中の王子の一人が既存の教えに満足できず、真理を求めて彷徨った結果、到達した境地が弥陀の世界でした。だから私たちはどちらも区別をする必要はないのです。

All the world's a stage,
And all the men and women merely players.
by William Shakespeare

見てるだけ それなら俺も盧舎那仏

東大寺の盧舎那大仏は太陽を表すそうです。太陽は天に在り、目に見えていろいろな恵みを与えてくれるのはよく理解できますが、その代理の大仏様は見てるだけです。ならば、直接太陽を拝すれば、と思いますがそれが、宗教、信心の不思議なところですね。

夫婦の像ほどの事績か羽島駅

ＪＲ新幹線の岐阜羽島駅前に、元自民党副総裁の大野伴睦氏ご夫妻の銅像が建っています。岐阜県は当初は通り過ぎるだけだったらしいのに、政治的に手を尽くしてこの駅が実現しました。隣の名古屋からは数分で到着です。昔漫才でここを通過するときは「バンボク！　バンボク！」といって通る、と茶化されました。その貢献はいいのですが、なぜ奥様まで？

大発見ヒトはヒトしか笑わない

否、猿を見て笑うゾ、といわれそうです。しかし、ウサギや鹿を見て笑う人はありません。「ワー可愛い！」とは言います。猿が人の真似をするから笑うのです。だらしのない父ちゃんと同じスタイルで居るから笑うのです。大発見でした。

荒れた子も卒業をして春休み

中学時代荒れた同級生がいました。何度も職員室に呼ばれていましたが、卒業式で一番神妙だったのが彼でした。高校へは行かずに就職しましたが、夜間の高校に通いました。さらには国立大学に進み、卒業をして教員になりました。彼の心に灯をともした先生の名前を私は知りません。

All the world's a stage,
And all the men and women merely players.
by William Shakespeare

禅譲で政権移る民主主義

政権党の総裁が交替するのに、党員の選挙でなく、話し合いで指名の形で選ばれました。それを、当事者やマスコミは「禅譲」という言葉を使いましたが、思わず笑えました。帝位を世襲せずに譲ることが禅譲です。日本でなら、陛下が皇太子以外の皇族に譲る場合だと思います。

育てるつもり鋳型に嵌めている

学校教育も、社会教育も、会社に入ってからの社員教育も、わが国の教育は「斯くあるべし」が前提にあることが多いと思います。しかし本来の教育は、自分で考える力をつけることです。日本製品は、品質は高いが独創性に欠ける、と言われる原因はこの鋳型のせいではないでしょうか？

All the world's a stage,
And all the men and women merely players.
by William Shakespeare

可愛さと暗さ　ちひろの絵が唄う

いわさきちひろの絵は子供の絵が多く、誰にも好かれているらしい。評判を聴いて展覧会に出かけました。私はむしろ気が沈んで哀しかったです。大人の心を、大人の世の中を見透かされたような、瞳のない目をした児ばかりでした。辛かったです。

民衆の敵は民衆だと気づく

イプセンの「民衆の敵」は町の経済活性化を図る市長と、住民の健康を心配する医師の諍《いさか》いに、町民がお金のために市長側について医師を追い出す内容です。ポピュリズムに乗ると正しい判断を誤るというのが意図です。「民衆は目先の利で動く」のは今も昔も同じです。

All the world's a stage,
And all the men and women merely players.
by William Shakespeare

歌カルタ割と激しい舞を見せ

和歌を朗朗と読む、という雰囲気ではない。読み手が二、三音読むかどうかで、バンバンと畳を叩く音が耳をつんざくという繰り返しです。百人一首であのようにすさまじく争う必要があるのかなと疑問に思いました。馴染めません。

九条が有って軍靴が回り道

平和憲法と言われているように、日本は九条のおかげで、あの戦争以来戦死者が出ていません。それはまさに、あの憲法九条の効果であると思います。ところがこのところ、正当防衛とか、集団的自衛とかのために軍隊が必要だという意見が強くなってきました。戦争の悲惨さを知らない世代が、人口の八割以上を占めています。日本のトップを担っています。

All the world's a stage,
And all the men and women merely players.
by William Shakespeare

後輩ができて自分の殻がとれ

職場やサークルに新しい仲間が加わると、先輩としていろいろ面倒を見ます。そういう時に自分の役目というものを認識するのです。自分もそのように教わってきたことを思い出しながら。私は金融機関でしたから、最初の一週間はお札の勘定の仕方と、数字の書き方ばかりでした。昔の元帳は手書きでしたから。私は今でも銀行員と言われます。

星条旗五十一番目は丸い

米国の国旗（星条旗）は十三の条と、五十の星で構成され、独立した時の州、現在の州の数です。戦後のＧＨＱ占領政策で、日本はあたかも西の果ての州との立場になりました。独立後も変わりはありません。だから星でなく日の丸？

All the world's a stage,
And all the men and women merely players.
by William Shakespeare

児の熱を吸い取るように母は抱く

手をつないだ時、オッパイを含ませた時、尋常でない体温を感じました。どうしよう、と考える暇なく、体温計を取り出し、日ごろから用意してある手提げを取り出します。保険証と母子手帳、おくすり手帳等ＯＫです。熱は三十八度すぐ掛かりつけの小児科へ！　その間五分でした。

先生の癖まで習う書道塾

児童でも整った文字を書ける子がいます。そういう子供の親御さんも、たいてい綺麗な文字を書きます。児が文字を覚える時に、意識せぬままに教え、習っているのです。親が下手だと児も・・・です。書道塾の発表会は、先生のお手本どうりに習うから、皆おんなじ書体になってしまいます。

All the world's a stage,
And all the men and women merely players.
by William Shakespeare

日の丸は苦苦しくも美しい

式の時など斉唱では唄わない人もあります。「日の丸」に対する思いや、感情が強いからでしょう。斯くいう私も、かっては唄いませんでした。齢を重ねたせいかだいぶ軟らかになりました。（明治三年の太政官布告、横縦の比が一〇〇対七〇、日章は赤、その直径は縦の五分の三、中心は横の百分の一竿に近寄る）

声は無し心で唄う自閉の児

子供のオペレッタに参加しました。指導の先生が「発達障碍で自閉症の児も参加してるんです。声は聴こえませんが、本人は唄っているつもりなのですヨ」と話してくれました。その児の目は輝いていました。

All the world's a stage,
And all the men and women merely players.
by William Shakespeare

音のない耳に哀しい子守唄

昔々の話です。C君の妹は耳が聴こえません。でもママは子守唄をうたって寝かせていた、と彼から聞きました。C君は笑いながら言ったけど、僕は笑えなかったです。

護国霊園墓石までが隊伍組む

家の近くに、護国霊園があります。公園と隣接しており、子供の遊具とは植栽で離されています。同じサイズ形の墓石が縦横を等間隔に並べられています。兵隊は死んでも隊列を組まされて、と思いました。でもその墓石の中に一基だけ背の高いのが目立ちました。あの墓石はきっと将官だな！　明治元年各地の招魂場を招魂社と改名、さらに一九三九年護国神社と改称。靖国だけは護国神社と改称しませんでした。

All the world's a stage,
And all the men and women merely players.
by William Shakespeare

この時代どんな句を詠む鶴 彬

反戦の川柳作家「鶴 彬」の作品を読み、映画も観ました。小林多喜二と並び、反戦作家として獄死しましたが、もし彼が生きておられたらどんな句を詠んだかと想像してしまいました。

（拷問を受けたが、獄舎で赤痢に罹患し死亡）

足枷の鍵は自分が持っている

自分の行動は自分で制御してしまいます。そんな経験は誰でも、幾つも、持っていると思います。それが目に見えて多いと、他人からは「あいつは臆病な奴だ！」というレッテルを張られます。でもたいていは、以前に大失敗をしているから、ないしは、他の人の失敗を見てきたから、足枷をかけているだけです。鍵を外すのは自分です。

All the world's a stage,
And all the men and women merely players.
by William Shakespeare

祭壇の水車 輪廻か再生か

葬儀に参列すると、祭壇のお飾りで水車が回っていました。もちろん水はありません。電動歯車で減速させているのでしょう。私は、失礼ながら故人より水車の方へ目が向いてしまいます。「何故水車？」と。人生とはこういうこと、という示唆なのでしょう。

そっくりな言葉 ヒロシマ 真珠湾

あの大戦は二度とあってはならないと思いますが、この二つの名詞には、反省より、憎しみしか感じられません。私だけでしょうか！ 私の思い過ごしでしょうか！

No More Hiroshima !: Remember Pearl Harbor !

All the world's a stage,
And all the men and women merely players.
by William Shakespeare

縄跳びのリズム掴んだ児が燃える

七十年も前のことです。運動神経の鈍い私は縄飛びができませんでした。でも、ある時フッと会得したのです。跳躍と手首の連動だと！　それからは続けて百回跳べるようになりました。でも、他の運動は上手くなりませんでした。体育の実技はいつも２でした。

リストラのお陰隠れた才が活き

大工場の閉鎖で退職した若者が訪ねてきました。コンピュータが好きというので電算室の仕事を任せるとて採用しました。彼は電算機メーカーの人が驚くくらいの知識でした。彼が作った在庫管理、出荷管理、営業管理等一連のシステムは大勢の見学者が来社する位でした。四十年も前の話ですが。

All the world's a stage,
And all the men and women merely players.
by William Shakespeare

板付きの声で舞台の貌となる

舞台監督から「板付き」の声がかかると、俳優たちは恰も、そのシーンが前から続いていたように演技をし、やがて幕が上がります。サラリーマンが板につく、大工が板につくというように、その職業に一人前になってきた様子をいいますが、元々は舞台用語なのです。

美しい皮一枚の髑髏《されこうべ》

中国の新疆ウィグル自治区ロプノールの北西楼蘭（クロライナ）で女性のミイラ化した遺体が発見され、新聞では「楼蘭の美女」と紹介されました。その立派な服装から推量しても、名家の女性なのでしょう。しかし、やっぱり干乾びた髑髏《されこうべ》でした。

All the world's a stage,
And all the men and women merely players.
by William Shakespeare

茶柱が立った湯飲みを客に出す

来客時にお茶を呈します。女性の事務員さんが用意してくれていましたが、ある日お客に「せっかく茶柱が立ちましたのでそのまま持ってきました」とお客の方に出しました。女性が下がった後、お客は「気が利く、いい事務員さんがおられますネ」と誉めて帰りました。私も嬉しかったです。

スコップが歴史のロマン掘りあてる

社有地の空いた場所に工場を建築しようと役所に申請書類を出しましたら、工事ストップが掛りました。なんでも、昔の土器片などが出る場所で事前調査の対象になったのです。しかも調査費用は土地所有者負担とのことです。埋蔵文化財発掘に関する長ーい名前の法律がありました。

All the world's a stage,
And all the men and women merely players.
by William Shakespeare

お茶が出るたび三成を思いだす

秀吉が、外から帰り茶を所望すると、三成は微温い茶を用意し、次に熱い茶を持ってきたそうです。その理由は、喉が渇いていると一口で呑むから微温い方を、次はゆっくり飲むから熱い方が茶を味わえるから、と答えたそうです。それで三成は出世した？　作り話だと思いますが

木漏れ日が張った障子に讃を添え

障子に映った植木の影が、まるで墨絵のように美しい。そして、木の葉の隙から洩れる陽と影が墨絵に讃を入れたように楽しませてくれます。晴れていればこその優雅なひと時です。

All the world's a stage,
And all the men and women merely players.
by William Shakespeare

おみやげ と孫を抱かせる里帰り

隣の子は東京在住です。時々は実家に帰っていましたが、一昨年結婚をして赤ちゃん連れで帰ってきました。家に着くなり、その児を爺ちゃん、婆ちゃんに抱かせました。これまではお菓子がお土産でしたが、荷物になるからと赤ちゃんが土産替わりとなりました。私は、早々に退散しました。

垣根越し児のバイエルに責められる

ご近所の児は一年生です。学校にも慣れて、最近は習い事でピアノが運び込まれました。好きなのでしょうね、よく練習をしています。私もバイエルを持っていますから、今日の練習は何番と判ります。暖かい時は窓を開けて。メロディーになってない時は聴かされる方も大変です

All the world's a stage,
And all the men and women merely players.
by William Shakespeare

他人事氷になれる火になれる

本来なら「他人事」は「ひとごと」と読みます。然し辞書には両方の読みが出ています。今回は五音で「たにんごと」です。人は不思議なもので、他人ごとでもまるで自分の身内のことのように動きます。逆に、冷ややかに見ているだけ、というのもあります。どちらも必要なことだと思います。

看板に味も描きたい腕自慢

最近のショウケースの見本は見事です。本物ソックリで、つい摘んでみたくなります。でも、今は匂いがまだありません。技術としては可能ですから、そのうち匂いの出る商品見本が出ることでしょう。うなぎ屋や、お茶屋さんは、今でも匂わせていますから、驚きは無いです。

風神の絵心を観る砂の紋

テレビの紀行番組で砂漠の旅を映していました。道のない所をどうやって方角を知るのかと思ったら、海と同じらしいです。星を頼りに進んでいました。砂嵐が発生して砂丘の様子が一変していました。轍が消えた砂丘は実に美しい文様を造形していました。

煩悩のミニチュア版を巻く手首

孫も高校生になり、私服の時は少しばかりオシャレもするようになりました。先日もブレスレットを手首に巻いていたので、「数珠を巻いてるみたいだ」というと、「おばあちゃんの数珠、紐が切れたままだったので自分で創った」という答えでした。本物の数珠だったとは。

All the world's a stage,
And all the men and women merely players.
by William Shakespeare

権力が能力越えている不幸

上司が、その能力以上の権限を持っていると、直に取巻きができ、お飾り的な存在にします。周りが利用して好き勝手をするようになります。逆の場合はトップに媚び諂う部下ばかりになります。どちらにせよ下っ端が一番の苦労です。

胎動に女は早く母になる

妊娠を識った日から、女性はそれまでとは違う心構えを持つようです。それに比し男性は遅いようで、周りからやいのやいの言われてやっと認識するようです。胎動を感ずると尚更母性が燃え出します。夫は妻の腹を触らせてもらって、やっと父ちゃんになる、と自覚するのかな。私はそうでした。

All the world's a stage,
And all the men and women merely players.
by William Shakespeare

大計に酔い気付かない蟻の穴

大計ほど、企画した人はその不完全さに気付きません。大きな堤も、小さな蟻の穴に水が浸みて弱くなるものです。立派な企画も、手違いなどにすぐ対応する意識を持たないとますます傷口を拡げ、大きな失敗に繋がりかねません。

棺の手は赤児を抱きたそうに組む

姉が胃癌に気付くのが遅れ他界したのは三十八歳でした。その半年前に女児を産んでいましたが、肥立ちが悪い程度の認識が手遅れに繋がり、抱く気力を失いました。一回り齢の離れた、男の子と赤児のことが気がかりで、毎日が涙涙でした。それで、棺の手は合掌でなく、ぬいぐるみの人形を抱かせました。

All the world's a stage,
And all the men and women merely players.
by William Shakespeare

日本海に兵器を抱いた硬骨魚

日本海は結構深いから、潜水艦がよく航海するらしいです。勿論その機能上潜ったままです。今どきの潜水艦は、顔を見せないまま世界一周できるものがあるそうですが、中には核兵器を積んだものまであると聞いています。もちろんお国は知っているのでしょうが。

新人類と鋳型に流すマスメディア

人類を画一的に把握したいのは、全体主義の国家だけではないらしいです。企業にせよ、国家にせよ、すべて自分の（統率者の）価値判断の中に入れてしまいたいのでしょう。そこから外れる場合は、「新人類」「～族」などと勝手な鋳型を造ってしまいます。「後期高齢者」は別です。

All the world's a stage,
And all the men and women merely players.
by William Shakespeare

十二歳娘の羽化を報らされる

誰の誕生日でもないし、祝祭日でもないし、暦上の節季でもないし。なのに夕餉の食卓には、お赤飯と普段はない御馳走が並んでいました。妻から、娘の羽化を報らされたのは食後でした。蝶になったことを素直に祝うとともに、やがて、翔んでゆく日が来ることも覚悟をしました。

結集《けちじゅう》の羅漢その他で扱われ

釈迦の入滅後、異論を止め、教団統一のため経典の編集を行いました。それが結集で、その折に集合した代表者たちは、羅漢と言われる聖者ばかりでした。だが、大勢いたので「その他」で括られてしまった、のではという穿ちです。

All the world's a stage,
And all the men and women merely players.
by William Shakespeare

一と一足しても一となる夫婦

どんな夫婦でも、足らざるを補い合って二人で一人前、という所でしょうか。時に芸能人の中では、私は私、彼は彼よ、などと粋がっている人もありますが、離婚もせずに活動できているのは、当人たちが気付かないまま、一になっているのだと思います。

合従《がっしょう》も連衡《れんこう》もある国造り

合従は戦国時代蘇秦が唱えた外交策で、韓・魏・趙・燕・楚・斉が連合して秦に対抗しようとしました。連衡は秦の張儀が唱えた策で、前記の六国を単独で秦と同盟させようとしました。今も地上の国々は利害に応じて、連合、離反等の策を展開しています。日米安全保障条約もその一つです。

All the world's a stage,
And all the men and women merely players.
by William Shakespeare

顔色が読めずに困るEメール

第一生命保険が募集した「サラリーマン川柳」に応募した句です。何回目だったか忘れてしまいましたが、たしか全国で百選の中に選ばれて、本にも掲載されていました。「サラリーマン川柳」のシステムは、生命保険勧誘の道具として始められたものですが、今や名物的催し物となりました。

一般という差別語に気が付かぬ

広く認められ、当たり前であることが一般だが、対する言葉が、特殊、特異です。誰もが話をする時に「一般的には」とか「一般論として」などと口にしますがその外にいる人は、苦苦しく思っています。つとめて外にいようと心がけてきた私は、疎外感を持ってきました。

All the world's a stage,
And all the men and women merely players.
by William Shakespeare

招福の猫は露店で売られてる

毎月末は、海津市の「お千代保稲荷」は大混雑となります。そんな雑踏の中、露店や土産物屋には結構人が入っています。招福の品物が並べられているのだが、縁起物で売れるのです。売られることに疑問はありませんが買う人が居ることに可笑しさを感じます。招福でこの程度の店ですよ。

啐の音聴き逃してる親ばかり

鳥の卵が孵化する時、内から殻を破ろうとする音が「啐」です。親鳥が気付いて外から突くのを「啄」といいます。児が求めているときに機を逃さず助けようという教育用語です。啐を出せない児、啄ができない親が多くなりました。

All the world's a stage,
And all the men and women merely players.
by William Shakespeare

〝を〟の文字に清楚な人の顔を置く

昔に読んだのか、聴いたのか記憶はなありませんが、「を」の字は女性が着物を着て正座しているかたちと教えてくれました。なるほどと思っています。そういえば、私たちは「を」の発音は「wo」でしたが、今の子供たちは「o」と発音するそうですね。何故でしょうか？

振り絞る声は「子供を」まで消え

姉は、三十八歳で胃癌のために他界しました。痛みで苦しむ息の下から、必死で声を出すのを聴きました。二人の幼子を残すことを不憫に思っているのでしょう。看取る私たちには残して逝く姉の方が不憫でした。うわ言の中に「子供を・・・・」が最後でした。

All the world's a stage,
And all the men and women merely players.
by William Shakespeare

夜学の子だけが泣いてる師弟愛

以前に、教育委員会の関係だったと思いますが、卒業式に参加したことがあります。式が済んでから、男子生徒が泣いて、その肩を叩く先生もハンカチを目に当てているのを目にしました。校長先生が、「夜間部の生徒ですよ」教えてくれましたが、清清しい光景でした。

物干しと新聞受けで繋ぐ生

朝方に散歩をしていた時期がありました。同じコースを通っていて、必ず一軒の家を確認することにしていました。洗濯物と新聞受けで、干し物はいつも一人分でした。夕方に仕事から帰るときは取り込まれていましたから今日も無事だったと思うようになりました。今は家もありません。

All the world's a stage,
And all the men and women merely players.
by William Shakespeare

北斎の漫画魂まで描かれ

北斎の「富嶽三十六景」はあまりにも有名で、誰もが幾度となく目にしていますが、彼の漫画となると「へえ？」と言われそうです。でもそれに描かれた人達は、表情や姿だけでなく、着衣や職業、手にした小間物に至るまで実にこまやかです。それらを観ているだけで思わず笑みが出ます。だから漫画なのか！

救いの道 とは程遠い原理主義

原理主義を標榜するとどうして戦争になるのか、意味が解りません。どんな宗教の教義も、戦えと記したものはないと思います。のちに教団を担う人達が、権力争いをしているだけとしか思えません。

All the world's a stage,
And all the men and women merely players.
by William Shakespeare

牛頭《ごず》馬頭《めず》が取り仕切ってる政

閻魔庁という所は、名の通り地獄のお役所らしいです。獄卒として、牛や馬の頭をした鬼たちが、堕ちてきた人間を取り締まっているのですが、本物の牛や馬は頭にきていると思います。「俺たちを鬼にするなよ、堕ちてきた人間の方が悪いのだから」

ゴミ置き場三か国語で注意書き

近所にアパートがあります。道路際に生活ゴミの集積所が設けてあります。そこには生活ゴミの出し方を三か国語で書いた看板が用意してあります。日本語、中国語、？？語。後でわかったことですが「？？語」はポルトガル語だそうです。管理人も大変だナー。今はもっと多国籍らしいです。

All the world's a stage,
And all the men and women merely players.
by William Shakespeare

一匹を店中の眼が追いまわす

時間つぶしに時々行く喫茶店で、目前にハエが飛んできた。すぐ他の卓へも行き、それを繰り返している。その度に、私も、向こうの客も顔でハエを追ってゆく。マスターの方へ飛んで行ったとき、パチッと打つ音がした。マスターは、ハエたたきを振り上げてニカッと笑ったが、私は笑えなかった。

盆梅に活けこんである人のエゴ

滋賀県長浜市に盆梅展を観に行ったことがあります。小さな盆の中に花を咲かせる古木に感銘を受けましたが、同時に、この梅の花は、もっとおおらかに咲きたい、呼吸をしたいのではないかと思いました。無、寂、閑、枯、侘、といった宇宙は、人間だけの世界だと思うのは私だけでしょうか。

All the world's a stage,
And all the men and women merely players.
by William Shakespeare

快い響き安保という語感

日米安全保障条約という語感から、安全を保障してくれると勘違いします。どこの国の条約でも、一方的に負担だけある条約などあり得ません。日本にある米軍基地は、主目的は自国の軍事目的の為に有ります。日本の為ではないのです。日本には、基地への立入権すらありません。基地の使用料も貰ってないと思います。寧ろ、思いやり予算などと払っているのです。

嫁した娘の茶碗が残る食器棚

親は、残された茶碗を見てしみじみと思い出すのですが、嫁した方はそれほどでもなさそうです。他に、学習机は購入以来高卒迄高さ調節無し、新品同様のまま処分！

All the world's a stage,
And all the men and women merely players.
by William Shakespeare

国境は海だと思う日本人

日本は、四方を海に囲まれています。そのせいか、国境線という感覚を持ちません。地続きの場合は、見張台が有ったり、検問所で塞がれていたり、と具体的な障害物があるために国境の意識が自然と高くなります。でも、本来は国境などは必要ないものだと思いませんか？　地球全体で一つの国になれば軍事費迄不要になりますよ、きっと。

新米の大工は知らぬ几帳面

並のご家庭では必要ありませんが、大きなお屋敷で、次の間との境に建てる目隠しを几帳と言います。二本の柱と横の桟があり、布などの幕を掛けます。その柱の一面を撫面にしてあるところから、丁寧な仕事を表す言葉になったようです。

All the world's a stage,
And all the men and women merely players.
by William Shakespeare

隣国の光復節も忘れない

太平洋戦争終結の日（八月十五日）は、お隣の大韓民国では、解放を記念して「光復節」という祝日にしました。その隣の朝鮮民主主義人民共和国では、「解放記念日」となっています。日本は「終戦記念日」という中途半端な扱いです。いっそのこと、「再生の日」という案はどうでしょう。お盆で休みより、よほど説得力を持ちます。

軍隊は自国の民に銃を向け

学校では、軍隊は自国を守るのが任務で、そのために国民は税を払い、軍事費として遣われると習いました。でも新聞を読んでいると、内戦鎮圧のためにも出動します。ということは、国を守るためというより、体制を維持したい人のため？　統計的にはそちらの方が遥かに多いらしいです。

All the world's a stage,
And all the men and women merely players.
by William Shakespeare

孫の口二本で話題ひとり占め

生まれて数か月もすると、赤ん坊に歯が生えてきます。なぜか下の歯が二本です。その日は一日中、親元へ、友人へ、ご近所の仲良しへ、とその話題で持ちきりです。家の中では、そろそろ離乳食の訓練が始まります。

二本足神の失敗作らしい

最近の生命工学では、生命まで人工的に造ってしまいました。神の領域を侵してはならない、と倫理規程も設けているようですが、功名心に負ける学者もいるようです。神もぼやいていました。「人間なんて創らなきゃよかった。二本足にしたばっかりに。嗚呼！」

All the world's a stage,
And all the men and women merely players.
by William Shakespeare

進退の迷い叙勲で吹っ切れる

名誉職であれ、実利の伴う役職であれ、いったん就任するとその居心地に慣れてしまうようです。大体そんな年齢になると、勲章や褒章の話が出て、交代時期が来たと示唆してくれます。一般の事業所でも、最近の寿命の延びが影響してか社長や会長を長く務めることが多くなりました。引け際は、年齢より脳の働き具合で決めるものだと思います。

日本史の授業は触れぬ後始末

あの戦争の否定はしません。しかし、戦争に至った経緯や、今も論じられる強制労働、従軍慰安婦、南京事件、原爆投下、その他諸諸を、教科書はサッと流すだけです。もっと丁寧な教育が必要ではないでしょうか？　相手国は執拗に学校で教えています。だから若い人までが反日を叫びます。

All the world's a stage,
And all the men and women merely players.
by William Shakespeare

「居酒屋」を語る金馬の呑みっぷり

三遊亭金馬という咄家がおられました。何代目かは知りませんが、ギョロリとした目は憶えています。金馬が話す「居酒屋」は天下一品で、CDを何回聴いたことやら。晩酌をするたびに、あの語り口調を思い出しながら、小僧の役を演じております。

要人のジョーク器の差が見える

昔、偉い方にその元気の秘密を訊くと「ウン、儂はヒトを食っとるから」と言われたそうです。マッカーサー元帥が日本の食糧事情をなじったら「我が国の統計が正しかったら戦争に負けていません」と言い、元帥も「たしかに」と笑われたそうです。麻生さんの祖父「吉田　茂」元総理のことです。

All the world's a stage,
And all the men and women merely players.
by William Shakespeare

平均値真ん中以下と気付けない

不思議なことですが、誰もが平均点以上だと「マ、いいか」と思います。私は、平均点は並以下だと判断します。何故なら統計、グラフを信用してないからです。平均所得額とか、平均貯蓄額とかが新聞に掲載されますが、我が家と比べるとガクッと来るからです。

雄弁の裏に詭弁が隠れん坊

今は、学校の授業にディベートという討論があるそうです。肯定側と否定側に分かれて討論するのだが、両方ともが相手を納得させる必要があり、日本にはなかった教育法で論の組立、説得法の学習らしいです。弁護士の仕事に似たところがあります。

All the world's a stage,
And all the men and women merely players.
by William Shakespeare

くすぐれば閻魔・仁王もまず笑う

東大寺南大門に阿吽の仁王像が目をギョロつかせています。行く度に、足の裏を擽ってみたくて仕方ありません。一緒に行った人にその話をしたら、こちらが笑われました。閻魔のいる堂に出かけたことがありませんから、どこを擽ってよいかわかりません。口で擽ると舌を抜かれそうです。

新鮮な干物と書いてある土産

私は、魚類、肉類はあまり好きな方ではありません。だから干物といえども自分で買ったことはないのですが、この言葉には、なぜか笑ってしまいました。新鮮な魚を干物にした？　それとも出来立ての干物？　日持ちするように干すのでは？　アレ、保存は冷蔵庫と刷ってあります。

All the world's a stage,
And all the men and women merely players.
by William Shakespeare

商才はわらしべ長者にて学び

「今昔物語」に「わらしべ長者」の噺があります。一本の藁しべをだんだん高価なものに売り買いして、遂には長者になるという噺です。商いの理屈は今も変わりません。否、全くの素人が、ネット売買できるようになり、わらしべ長者に逆戻りしているのかもしれません。

明暗の世界を繋ぐ蜘蛛の糸

世間には蜘蛛の研究をする人も大勢いるそうですが、私は巣の方が面白いと思います。巣を張る場所、張り方、糸そのもの、にも興味は尽きないのですが、朝露や、雨などが巣に掛かっている様子を見るのは、何とも言えぬ楽しさです。陽に輝く玉は、どんな宝石より美しいと思います。

All the world's a stage,
And all the men and women merely players.
by William Shakespeare

達観の裏 諦観が透けて見え

功なり名を遂げた人の著書を読むと、途中の話までは只者でないことを彷彿とさせます。後は単なる「べき論」が多くなります。すべてが過去のことですから仕方がないのかもしれませんが、私には何故か物足りません。たいていは、「これが止まり」の人達にみえます。

雛の膳 右大臣だと孫の指

わが家では、節分の豆まきの翌日が、雛人形を飾る習慣になっています。そして、三月四日には納戸に仕舞われます。まず遅れることはありません。その間に、子や孫やペットも集まって食卓をつつきます。私以外は全員女子です。孫が私を指さし「右大臣だ」と言いました。勿論、親のやらせです。

All the world's a stage,
And all the men and women merely players.
by William Shakespeare

食って寝て檻があるから猿でいる

これは動物園での感想ではありません。猿に失礼です。世間にありふれた人間たちの事です。檻は自分で造ってしまいます。小さくは家庭、そしてご近所、会社と、人間関係は鉄より強い檻となります。ありふれてない人は、勿論、ボス猿になってゆきます。

赤旗も周りは白く色を脱く

日本共産党の不破議長の当時、天皇制を容認したように受け取れる発言がありました。これは、現行の憲法のもと、天皇の主権が第四条で否定されている上でのことと思われます。英国の国王は憲法で否定はされていません。日本とは大きな違いがあります。

賢人会議臆面もなく自画自讃

賢人会議の名は、ローマ時代に在ったものを名前だけ借用したのではないでしょうか。でなければ、自分からは名乗り難い名前です。ましてそれに参加するというのは、どのくらいの面の皮の厚さでしょうか。せいぜい、良識人会議ですよ。

ニワトリも卵も戦仕掛け合う

どんな争いも、初は他愛もないことだったと思います。それが、仕返し、敵討ち、仇討などと重ねるうちに、ニワトリか卵か判らなくなったのではないでしょうか。パレスチナとイスラエルの問題は、そのもっとも悲しむべき例です。その解決方法は、「無かった事にする」、という外交の策しかありません。

All the world's a stage,
And all the men and women merely players.
by William Shakespeare

ちょっといい話をしまう小抽出し

川柳を知る以前は、ちょっといい話はノートに溜め込んでいました。知ってからは五七五に纏めていましたが、ここのところいい話なんてありません。批判精神ばかりになりました。本来なら、お小言と同じ数だけ「いい話」もあるはずです。何せ、人間の諷詠のはずですもの。

石けりの相手はいつも影法師

私は子供の頃からスポーツは苦手でした。だから、男の子の遊びには加えてもらえませんでした。当時の男児の遊びは野球、ドッジボール、テニスなどで、全部×でした。田の字を二段くらい足した枠を描いて石を蹴って次の桝に入れる。仲間は、女の子か影法師が多かったです。

All the world's a stage,
And all the men and women merely players.
by William Shakespeare

小さん逝き「時そば」の味薄くなり

小さん師匠の貌と頭は、今も耳の中にあります。「梅鉢」と「時そば」がすきで幾度もCDを聴きました。噺家は幾人もいますが、小さん師匠程自然体の話芸は見かけません。故人となられて久しいが、他の噺家の「時そば」は、そばを啜る音、出汁を啜る音まで不味いです。

速贄《はやにえ》の蛙イエスの代弁者

少年時代に、小枝の先に蛙が干乾びて突き刺さっているのを観ました。百舌の速贄と教えられたが、他の鳥に食われてしまい、翌春迄残るのは珍しいそうです。だから、他の鳥に餌を捧げる意で速贄と言うらしいが、あの姿はどう見てもキリストの磔を想像させます。

All the world's a stage,
And all the men and women merely players.
by William Shakespeare

屋久杉が語る太古の季節風

屋久島には樹齢が千年を超える杉がいっぱい生えています。嘘つけ！　むやみに伐採して衝立や卓にし、残りはさほどはあるまい、と思いましたが、今は国の天然記念物に指定され、保護の対象になったそうです。あの根元に佇むと、太古の季節風を目の当たりにするような気持になります。

通訳は不要　砂場は多国籍

この街も外国人の住民が増え、全人口の五％位にはなっているそうです。アパート一棟が全戸外国人というのもあるそうです。公園の砂場にも、国籍が違う幼児が遊びに来ているようですが、さすがに子供は言葉が判らなくても平気でワイワイやってます。頼もしいです。

All the world's a stage,
And all the men and women merely players.
by William Shakespeare

夫唱婦随気の進まない二重唱

夫唱婦随も、婦唱夫随もあるでしょうが、そんな二人って気味が悪くないですか？　私は、夫婦が異なった考え方を持つことは当然だと思います。生まれも違い、育ちも違います。たまたま結婚しただけのことです。考える選択肢が多い方が人生の戦いは有利だと思います。

「失望」の定義を持たぬ辞書で生き

ナポレオン・ボナパルトは「余の辞書に『不可能』の文字はない」と言ったそうですが、私もちょっと真似てみました。私は、あまり失望感を持ちません。というより、失望するほどの大きな望みを抱いたことなどないというのが正直なところです。

All the world's a stage,
And all the men and women merely players.
by William Shakespeare

鵜飼観て舌打ちをする宮仕え

鵜舟に載って見物をしたが、鮎を食べる気にはなれませんでした。だって、いったん口に呑み込んだものだと思うと食べられません。他の乗船者の中にも、同じようなことを言った人が居ます。「あの漁を見ると、何となく俺たちサラリーマンと同じ姿が見えてくる。でも鵜の方は、小さな鮎は胃の方へ通るようになっているらしいぞ」。

弱肉強食国家も同じ論で成る

弱者の犠牲の上に強者が栄えるということです。これは国家とておなじことで、現代では核という破壊力をバックに、数か国が地球を牛耳ろうとしています。他国が核開発に手を付けるとイラン・パキスタン・北朝鮮を見れば判ります。

All the world's a stage,
And all the men and women merely players.
by William Shakespeare

大和民族　渡来の歴史置き忘れ

私は「民族」という単語に違和感を覚えます。主導権争いのような諍いを想像するからです。学問的には定義があるのでしょうが、遺伝学的にはアフリカに行き着くと読んだことがあります。大和民族にせよ、大陸となれば、人間はみな雑種だと思います。ポリネシアなどの雑種ですよ！

終章を記して万年筆の笑み

半生記を纏めました。今、最後の章を終え結びの詞を記しています。私は万年筆派です。鉛筆やボールペンは抑える力が要り、指、手首がすぐ疲れますが、万年筆は紙の上を滑らせるだけで書けます。ペン先からヤレヤレという声が聞こえてきました。

All the world's a stage,
And all the men and women merely players.
by William Shakespeare

觔斗雲《きんとうん》で翔んでも弥陀の掌

暴れ者の孫悟空は、妖術を使い、觔斗雲という雲を操って天空を騒がせました。今日も大いに暴れ、天の果てに建つ五本の柱の真ん中に「斉天大聖ここに遊ぶ」と書いて戻ったところ、「お前が書いたのはこれじゃ」と掌を見せられると、まさしく自分の書いた文字が。「俺は弥陀の掌からは抜けられぬ」と改心しました。三蔵法師に随って天竺へ経文を取りに行く旅に出るのは、この後の話です。(觔斗雲=きんとうん　西遊記)

苦汁より末広がりと八で止め(九・十)

日本は古来より八に最高の位を与えてきました。

八百万神　大八州　八岐大蛇　八咫鏡　八百屋　八幡　八咫烏　口八丁手八丁　8番らーめん？

遺産分け胎児は脚で自己主張

「僕も遺産を貰う権利がある」と脚で主張するのですから、死んだ男が、他所で宿らせた児と解釈する方が自然です。遺産分けの話し合いに乗り込んだ、という場面でしょうか。それとも、少し遅めにできた児かも知れませんね。

原子力設備　意外とよく壊れ

炉が停まるほどの故障なら発表されますが、そうでない計器の異常くらいでは発表されません。随分前ですが、東海村のＪＣＯ東海事業所で事故があり、作業員が被曝した時のことが記事で出た折りに、こんな川柳が載りました。

手づくりの原子の火とは知らなんだ　（詠み人不明）

All the world's a stage,
And all the men and women merely players.
by William Shakespeare

跳び箱は跳ぶ直前に高くなる

クラスの仲間は、五段、七段も跳びました。私は助走しても直前に止まってしまうので、胸を強打して伸びてしまいました。中学の頃です。跳び箱は、目の前に来ると突然高くなるのです。それで足が竦んでしまいます。私は子供の頃から、スポーツ全部がこの調子でした。

絵本にも戦場があるリアリズム

日本の童話には戦場の現場は殆どありません。せいぜい桃太郎の鬼退治位でしょう。戦争の経験者は、思い出すのも嫌だと話して聞かせません。「戦後は食うものが無くて芋ばかり」では、悲惨さが伝わりません。

All the world's a stage,
And all the men and women merely players.
by William Shakespeare

高所作業 下りきってから掛ける声

私は気づかなかったのですが「武山さん、徒然草の中に全く同じ場面があるよ」と教えてくれました。一〇九段「高名の木登り・・・」は親方が弟子に「気を付けて下りよ」と言うと、他の者が「なぜ上に居る時に言わないのか?」「高い所に居る時は、誰でもが自分で注意をするものサ」の場面がありました。句の方は、住まいの建前時のリーダーの言葉でした。

二個渡し盗るを叱ったトマト畑

小学一年、愛知県の奥町に住んでいました。敗戦後引揚げ間無しです。いつも腹ペコで、木曽川で遊んだ帰り道、畑 のトマトを盗み食いしました。運良く(?)畑のおじさんに見つかり叱られました。しかし、帰りには大きなのを二個貰い「これからは黙って取らず、おじさんに言え」でした。

All the world's a stage,
And all the men and women merely players.
by William Shakespeare

大戦も二度あることは三度ある

昔の戦はせいぜい派閥争いか、領地争い位でした。それが同盟という仕組みができ、損得が結びついた集団の争いになりました。経済活動のグローバル化で、より大規模で複雑になって二度の世界大戦になったものです。だから第三次の大戦も否定できません。出先の所為にしてです。そういえば、小国といえども最新鋭の兵器を持ってますゾ！

アメリカの一番西にある日本

太平洋戦争で一番得をしたのは誰か？　言うまでもなく米国だと思います。大陸を睨んでこれだけの軍事基地を持てたのですから。新型爆弾の実験を二つも見せて、ソ連の南下を北方四島で止めたのも成果の内です。今になって胸をなでおろしているのは日本だという、こんな論はありですか？

All the world's a stage,
And all the men and women merely players.
by William Shakespeare

輪廻転生　諦めやすく話される

業の応報によって生れ変わるという仏教の根本哲学を説教師たちは実に上手に伝道してくれます。すなわち、「そんなことしてると来世は犬だよ、罰が当たるよ！」と。家のペットは、「前世で何をやらかしたか？」聞いても答えてはくれませんでした。

敗戦を終戦という見栄っ張り

出征していた兵隊や、出稼ぎ等で外地にいた人は敗戦、国内で耐えていた人は終戦というのだと判断していました。政治的にはもっと複雑な理由があるようです。一部の人たちが起こしたもので、私たちはむしろ被害者だという意識の表れのようです。

All the world's a stage,
And all the men and women merely players.
by William Shakespeare

簡単に金貸しますという異常

私が銀行に勤めていたころは、事業経営者しか融資を受けることはできませんでした。短期資金で八%、長期資金は十%を超す高金利でした。今や住宅ローン、教育ローンはじめサラリーマン金融もあります。「金利って何?」という人までカードで借りられる時代です。今でも私には、夢の世界です。

立ち話の日傘に入れるサクラソウ

「あら!　久しぶりネ　お買い物?　私は今帰るところ・・・」と始まり、十五分くらいの立ち話です。歩道の脇に生えているサクラソウも傘の影に入れてと、いい情景です。最後はもちろんのこと「今度お茶でもしようよ。また電話するわネ!」といったところです。

お社《やしろ》を竜宮城に模様替え

お社ごとダムの底に沈みました。淡水ですから、タイやヒラメの舞踊りはありません。鯉や鮒は、裃を身に着けて、仕舞いを舞っているかも知れません。何せ、乙姫様がおられないので華やかさがありません。

日本は社会主義国だと思う

ソ連のゴルバチョフ氏が来日の折「日本は我が国のお手本です。貴国の官僚組織は見事です」と言われました。そして、ソ連から幾度も視察が続いたそうです。これは後日、元首相が、ある講演会で披露されたことですことですが「官僚の強い日本は、社会主義国家だな」と普段から話していた私たちは、「やっぱりナー」笑いました。

All the world's a stage,
And all the men and women merely players.
by William Shakespeare

文面は正義 中身は内輪揉め

世間に出回る文書は大半がこの類です。相手を中傷誹謗する意図は持っていないことを言外に匂わせながら、私は（私たちは）斯く思います、と主張します。このような書き方をしますと、私が陰険に見えますが、こんなことができる間は、民主主義なのかもしれません。

熱燗は尺貫法で呑んでいる

最近の建築物はメートル法で設計されているかと思ったら尺貫法を換算しているだけのようです。ほとんどの資材が尺貫法規格のため在庫を二重に持つことができないからのようです。不動産は、公示価格はメートル法で、一般物件は併記します。私の晩酌は三六〇mlなんて言いません。二合です。

All the world's a stage,
And all the men and women merely players.
by William Shakespeare

一歩引くのは足し算の内に入れ

話し合いなどで意見が合わない時に、引っ込めたり、妥協案を出したりすることを「一歩引く」という言い方をします。でも、そういう場合はたいてい、早めに片を付けるとか、何か自分たちに見返りがあるなどと利がある場合です。もし何もなければ原案でがんばり通します。

支出から収入を引く財務省

どこのご家庭でも家計の遣り繰りは収入から支出を引いて、何とか帳尻を合わせています。ところが国家の予算では、支出から収入を引いて差額を国債の発行で合わせているようです。国債は国民の負担です。そんな予算はやめてください。私たちは我慢をします。子等の将来が心配です。

All the world's a stage,
And all the men and women merely players.
by William Shakespeare

おかえりの声探してるランドセル

お隣の児は今年から一年生です。朝登校するときは集団登校で、集合場所までママが連れてゆきます。帰りは一人で元気よく「ただいま！」。次いで少し小さく「ただいま」。更に小さな声で「ただいま」。遂に泣声と共に出てきました。そこへママが大急ぎで帰ってきました。

職人根性 ドングリ独楽も芯振らぬ

お宮さんのドングリはでかい。子供たちは独楽を作って回転時間を競います。A君のドングリ独楽は他の三倍くらい回って立っています。ブルブルしないのです。彼のパパは、鉄工所で、正確に計測してから、真ん中に芯を通すのでブレないのです。以来、A君とパパはみんなの人気者です。

All the world's a stage,
And all the men and women merely players.
by William Shakespeare

鷹ノ子の飼育はできぬ鳶だから

「パパのノートは一冊いくら？」「会社ではまとめて買うから一冊は百円位かな」「私のは三冊ラップしたのを買うから、一冊八十円よ。たくさん買うのに高いネ。文句言わんと」娘が中学一年の時の会話です。彼女は洋品店でも値切ります。「断られて元々だもん」と。この子は誰の子だ？

親を真似児も腕を組む将棋盤

お隣のYちゃんは来年一年生になります。おませで、よく父ちゃんと花札や将棋を指しています。手の札を見て「コイコイ」と大きな声が出ます。将棋は胡坐で、ウーンと腕を組んでいます。父ちゃんは「この子は、将来は博奕打ちだ」と笑っていましたが、大企業の役員さんになりました。

All the world's a stage,
And all the men and women merely players.
by William Shakespeare

無神論者も笑み誘う涅槃の絵

神社仏閣へ行っても、まず参拝はしません。しかし、賽銭箱に喜捨はしてきました。これだけの施設を維持管理するには、文化庁の補助金ではとても足りない、という理由からです。そんな白けた私ですが、涅槃図を拝観した時は口元が弛みました。大勢の羅漢や動物たちの表情が、いかにも優しく描かれてありましたから。私の宗教観もゆるいです。

学芸の名で石棺も暴かれる

いくら学問のためとはいえ、墓まで暴く必要があるとは思えません。ピラミッドにせよ、皇帝陵にせよ、天皇の陵にせよ、また地方豪族の古墳にせよおなじです。静かに眠るための床ですから。その方が、夢も膨らむというものです。

All the world's a stage,
And all the men and women merely players.
by William Shakespeare

老人室などと気取った座敷牢

私の書斎は、昼寝ができるよう簡易ベッドが置いてあります。トイレも流し台もついています。要するに1Kのアパートと同じです。年末にインフルエンザで熱を出したら、閉じ込められて、丸四日間出してもらえませんでした。食事は、妻がマスクをして運んできました。

猿真似はヒトの真似だと今気付く

「猿真似」を辞書で引くと、「猿が人間の動作を真似るように・・・」とあります。しかし、猿は真似るのでなく、二本足で立てるから似て見えるだけです。むやみに他人の真似をすることを軽蔑する言葉ですが、あくまで人間に対してです。お猿さんこれまで御免な！

All the world's a stage,
And all the men and women merely players.
by William Shakespeare

周りにいる友で自分の価値を識る

私の周りにはどんな人達がいるのだろう。家族、隣保班・・。いいえ、そんな身近な隣人ではなく、知人、友人のことです。彼らは世間から社会的な評価を受けているだろうか。正直なところそれが高い人も何人もいます。彼らは私に対して知的な援助を惜しみなく注いでくれています。

卒業式端に並べた車椅子

車椅子の生徒のために列の端に席が設定されてありました。級友が押して段の下まで行き、代わりに証書を受けて渡していました。これはこれで絵になる情景でした。校長先生が段を降りてきて、直接渡している画面もありました。この方が卒業式らしく見えました。

死屍累累それでも神を疑わぬ

誰も神の存在を確認できません。しかし、戦や災害で死屍累累は目の当たりにすることはあります。それでも宗教者は、神仏を信ぜよと説きます。どんな神経の持ち主でしょう。

無辜の民思わず無知と聞き違え

「無辜」は罪の意識を持たないという意味ですが、そんな上から目線の言葉を使う人には何故か構えてしまいます。あの人はきっと「無知の民」といったに違いない、と。

仕合せは今来た道と書いてある

この世は、一寸先は闇です。これまで恙なく来れたことを素直に喜びましょう。仕合せはその程度のことらしいです。

All the world's a stage,
And all the men and women merely players.
by William Shakespeare

国債は税の不足と識れ　民よ

国民は、国債というものは国が発行するのだと認識しています。その通りですが、実際は「国民の為に」という名目で発行されます。昔は、「欲しがりません勝つまでは」と戦時国債を買わされましたが、結局償還はされず破綻でした。今の国債でも、同じ運命だと思いましょう。民よ！　国債はあなたの借金だ！

ゴリラたちは類猿人と読んでいる

人間は、他の動物に較べ知的能力が高いと過信して、動物の頂点にいると思っています。その驕りから、チンパンジー、オランウータン、ゴリラを類人猿と呼称しています。しかし、運動神経や五感は、彼らの方がよほど勝っています。京大のチンパンジーが人間のことを「類猿人」と言っているそうです。

All the world's a stage,
And all the men and women merely players.
by William Shakespeare

中国の中で囁く大東亜

いま中国では、一帯一路という政策構想が世界を目標に推進されています。中国の経済力、軍事力の影響力を強めようということですが、かつて日本が唱えた「大東亜共栄圏」構想と似ていませんか？　日本では大東亜省迄設置したそうです。中国は中近東、アフリカも含めています。

これからが実像という定年後

現役時代は、会社という箍に嵌められて生きてきました。社長となってもそれは同じことです。リタイヤして、これからは素地の私で生きていける、と思っていました。それでこそ自分だと思いますが、どっこい社会という箍は、そう緩くはありませんでした。

All the world's a stage,
And all the men and women merely players.
by William Shakespeare

金平糖同じ形はない個性

ポルトガル語を日本語の置き換えた名で、周囲に突起がついた可愛らしい砂糖菓子です。この菓子は、同じ形が二つとないことが数学理論上も証明できると、ある数学者が言っておられました。そんなことどうでもよいのに、なぜ証明することを思いついたのでしょう。

八方に光を放つ「楽」の文字

子供に文字を書かせるとき、縦画、横画、傾斜、間隔など具体的な基本となることをまず教えます。それらが基本にあると、下手な字でも揃って見えます。揃っていればリズムを感じます。その中の一つに「楽」があります。「米」という字を頭において書くと上手く書けるようになりますよ。

All the world's a stage,
And all the men and women merely players.
by William Shakespeare

撹乱するアンテナもある情報化

新聞などで中国や北朝鮮のハッキング集団によるとみられる、情報の流出とか、暗号通貨の横領とか、技術情報の流出とかが喧伝されています。確定でなく調査しているということです。調査するということは、そのレベル以上の技術が必要です。要するに、世界の情報機関が血眼になって、ハッカー活動をしているということです。勿論日本も？

箱庭の文化十七音の砂

盆栽、盆石、坪庭など、日本では小さくまとめる感性がいくつも文化として根付いています。お茶、お花、などもその文化かも知れません。そう言えば、川柳、俳句、短歌なども箱庭文化の仲間かも知れませんね。

All the world's a stage,
And all the men and women merely players.
by William Shakespeare

クレヨンは元気 卓まで花畑

子供が幼い頃のことです。画用紙に絵を描いていました。クレヨンの線は画用紙をはみ出してもまだ続きます。母親が気付いて金切り声を上げるまで、塗られました。たまたま、画用紙も白、卓も白い天板でした。何とか消しましたが、勿論跡はズーッと残っていました。

地図よりも地球儀で持つ世界観

世界には、地球は平たいと信じている人たちが数%いるようです。未開の種族でなくですよ。私は、国や都市を探すときは、地図よりも地球儀で調べます。大垣スイトピアセンター学習館二階に、大きな地球儀が置いてあります。地図より、距離感、国の大きさ、気候など判りやすいのです。

All the world's a stage,
And all the men and women merely players.
by William Shakespeare

国境を嗤う回遊魚の誇り

国境を馬鹿にしたら、排他的経済水域だと？　俺たち回遊魚の邪魔ばかりして。でも人間には負けないよ。裏道をいっぱい知ってるんだから！

新生児もうカタログが届けられ

お七夜と宮参り、初節句などのカタログが、私と新生児名で届く、早いですね。データの出どころは産院？　住民課？

海神の怒りは無辜《むこ》の民を呑み

神は弱者を区別する能力を持っていないようです。だから私は神の存在を肯定できないでいます。あの悪猿の孫悟空をも許した神が、無辜の民を襲うとは以ての外です。

All the world's a stage,
And all the men and women merely players.
by William Shakespeare

定年後も靴は会社を向きたがる

長い間務めた会社ですから、いろいろと思い入れがあります。教えたい、伝えておきたい、繋いでおきたいなど、先輩としての心情が足を動かすのです。本当に親切心からなのですが、会社の方は「退職したのに、また来てる。未練がましいのね！」ですよ。心を鬼にして、もう行きません。

失敗の数だけ持っている技術

私は物造りの会社で働きました。物造りの会社は失敗したら、それは自分たちの糧になると教えられてきました。だから、失敗をしない人は、仕事もしていないと言われてきたのです。このことは、退職をした今でも意識の中に残っています。孫が職に就き、そのことを「贈る言葉」にしました。

All the world's a stage,
And all the men and women merely players.
by William Shakespeare

九条の威厳認めるのは他国

①国権の発動たる戦争と武力による威嚇または武力の行使は、国際紛争を解決する手段としては永久にこれを放棄する。
②陸海空軍その他の戦力は、これを保持しない。国の交戦権はこれを認めない。

この第九条を世界遺産にという声もあります。それを日本が壊そうなど、とんでもない事と思います。

満腹の時は獲物を追わぬ獅子

どういう具合に入り込んだのか判りませんが、ライオンの檻に猫が入り込みました。でも、ライオンも猫も昼寝を始めたそうです。ちゃんと餌をもらっているライオンが襲ってくることはない、と猫は判っているのですネ。

All the world's a stage,
And all the men and women merely players.
by William Shakespeare

義足の子笑みは地雷で飛ばされる

内戦がある、ないしは有った地は、そのいたる所に地雷が埋められました。内戦が終結して数十年を経た今も、農民や子供が命を落としたり、足を失ったりしています。

武器は絶対に、民を守るものではないという証です。地雷の探査に、日本からもボランティアが参加しています。

それぞれに違う歩幅を持つ子供

にも拘らず、国家は子供達を一括りにして教育しようと、同じ鋳型に流し込みます。私は、義務教育は今のままで充分だと思います。その先は、職種別に専門学校を用意したらどうでしょう。現在の、商業、工業、普通、経済・・・ではあまりに大雑把ではないでしょうか。

国公債やがて偽札の仲間入り

夕張市のデフォルトは、国家が応援をしました。国のデフォルトは、応援がありませんから国民の負担になります。お金の流通が止まり、金融機関はシャッターを閉めます。手持ちのお金だけでは、高くなりすぎて物が買えなくなります。ハイパーインフレといいます。

順調な議事が「その他」で少し荒れ

ほとんどの会議は、議題も議事もシナリオに従って進められます。外部から人が加わる場合は特にその傾向があります。ただ、最後の議題の「その他」で質問が出ると、そのシナリオが狂うことがあります。それはたいてい「ところで・・・」という言葉から始まります。

All the world's a stage,
And all the men and women merely players.
by William Shakespeare

パソコンに向くと機械の貌になる

面白いものです。ヒトはいつの間にか仕事の貌になってしまうのですね。パソコンばかりではありません。旋盤工は、プレス工は、縫製工は、パン屋さんは、料理人は、と皆職業の貌になります。もっとわかりやすいのは、政治家と医者でしょうか。

二枚舌商業神は蛇だから

ギリシャ神話にカデュケウスという杖があります。翼を持った杖に蛇が二匹巻きついています。これは、商人、羊飼い、博奕打、嘘つき、盗人の守護神メルクリウスが持っています。また、商業の象徴でもあります。商業校の徽章にも多く採用されています。成程、蛇は舌が二枚になっています。

All the world's a stage,
And all the men and women merely players.
by William Shakespeare

薄味のせい　自分史が進まない

齢はやがて傘寿です。変な気を起こして反省の記を書いてみようかと思い立ちました。何を書くか、大まかに項目を拾ってみましたが、十項目も思いつきませんでした。波瀾が無さすぎる、平凡すぎるのが原因でしょうか。余りに薄味のため反省の記を書くことは取り止めました。

ちひろの絵　児にメルヘンの影がない

いわさき ちひろの絵画に描かれる子供達には、円らな瞳は感じられません。なぜかしら、大人のすることを見通している、冷ややかに観ている、ように私には見えます。いわさき　ちひろという芸術家は社会の何を観て、何を訴えたかったのでしょう。

All the world's a stage,
And all the men and women merely players.
by William Shakespeare

質問も答弁も手にメモを持つ

国会の質疑って何だ！　といつも感じてきました。訊くことと答えることに齟齬《そご》が無いように、「事前に書状で」ということらしいが、画面を観る者には茶番としか見えません。どちらも、読む言葉でなく、話す言葉でやってほしく思います。序に、喧嘩口調も改めてほしいと思います。これが日本を引っ張る人たちかと思うと情けなくなります。

ちょっといい話をメモる雑記帳

戸板康二という劇作家に「ちょっといい話」という題の本があります。今でも私の書架に並んでいます。大笑いや、大泣きではない話ばかり載っています。職業柄、俳優さんの話が多いですが、戸板さんのユーモアセンスが感じ取れます。彼を真似ようとしましたがならず、私は川柳になりました。

All the world's a stage,
And all the men and women merely players.
by William Shakespeare

仏像の魂人の手で抜かれ

お寺で大修理があり、落慶に大掛かりな法事が執り行われました。行事は滞りなく済み、仏像も元の座に安置されましたが、何かしら違和感を覚えました。昔から一緒に飲んだり、食ったりした仲の住職です。彼が仏像の精を抜いたり、戻したり出来るとは・・・。仏像とは何だろう?

九条の重みに気付けない日本

「九条を守ろう」というと自虐史観と言われます。あの憲法はおしつけだとも。憲法の成り立ちは知りませんが、日本の国会でも審議されたものです。勝った側が強制したとしても、彼等も「こんな憲法なら理想だ！」と思ったからではないでしょうか。世界に類のない平和憲法だと思います。

幕でなく「そろそろ幕」というト書き

実際の舞台には、こんなト書きの台本はありません。「ゆっくり幕」ならあります。でも「そろそろ幕」の方は社会にはよくあります。「モリ・カケ」「桜」はコロナに隠れされてしまいました。「そろそろ幕」これは、官房長官のつぶやきか。

武器持たぬ証と握手 舌に針

挨拶という字は、手を拡げて相手に胸を見せる意味だそうです。握手も武器を持っていない証と聞きました。ワインの乾杯も、この瓶に毒は入っていませんという動作です。どれも敵ではないという表現ですが、その代わり、言葉に毒を含ませた演説に全力を注ぎます。

All the world's a stage,
And all the men and women merely players.
by William Shakespeare

傷つける痛さも学ぶ肥後守

肥後守は、昔の子供は全員持っていました。それで鉛筆も削ったし、工作もしました。上手い児は女の子にも持てました。電動式より綺麗に削ったものです。でもそれで喧嘩したり、事故を起こした生徒はいませんでした。たいていは自分の指を幾度も切って痛いことを知っていたからだと思います。

聴かせるより自己陶酔のマイウエイ

結婚式披露宴で、いよいよ余興タイム。この曲はかって若かった人が唄います。たいていの場合、自己陶酔型で、唄い終えると、どんなもんだと言わぬばかりの貌をします。カラオケでも歌いこんでいると見えて、まあまあ上手いのです。

All the world's a stage,
And all the men and women merely players.
by William Shakespeare

そんなこと言った覚えはない 孔子

論語は孔子の言行録と言われます。世界の人々に示唆に富んだ言葉をたくさん残しています。本来なら、人在るところ当然のことを言っているのですが、論語として残っているために名が残ったのかもしれません。でも中には「俺はそんなこと言ってない」という言葉も結構あるようです。現在孔子の子孫は約二五〇万人おられるそうです。

飢えの演技だけはできない名子役

画面を視ていると、子役でも芸達者が多いですね。バラエティ番組での遣り取りは、大人顔負けです。しかしドラマは苦労して撮るようです。なにせ、飢えを知らない児に飢えの演技をさせるのです。でも見事でした。「おしん」！

All the world's a stage,
And all the men and women merely players.
by William Shakespeare

㊙印捺して回覧されている

企業経営者が数人会食する機会がありました。その一人が「㊙のゴム印を捺した回覧文書が回ってきた」と披露しました。大笑いでしたが、その一人が「君もう要らないということだよ」と茶化しました。本当のところは社長の目を引くからという企みらしいが、その社長は間もなく、倅に譲位したそうです。

ゴール間近 負けと判っても 全速

私は、スポーツは不得手で嫌い、会場では無論、テレビもほとんど見ません。しかしニュースでは、否応なしに録画が出ます。ある女子マラソンで、パンツを赤く染めて、ヨロヨロでゴールインした選手を見ました。翌日の新聞は、頑張ったことを称える意見と、体調管理の不備を叱る意見とが、掲載されていました。

All the world's a stage,
And all the men and women merely players.
by William Shakespeare

豊饒の地球に飢餓の児が増える

地球という星は、動物、植物いろいろと育んでいます。しかし、飢えた子達がどんどん増えています。これは百%人間のせいだと思います。人間同士で分け合うこと、他の動物と分け合うことをしません。奪うのではなく、譲ることで共存すべきだと思います。富も！　食料も！

一幕の芝居　地球の人類史

四十六億年といわれる地球の歴史を、一年に短縮すると、人類の歴史は十二月三十一日午後十一時五十五分を過ぎるそうです。一幕にもならない人類史が、この地球を我物顔に支配しているのは、矢張りおかしいと思います。

遅咲きの蓬は土を恋しがり

この句は解説をしないと判りません。「遅咲きの蓬」とは、「帰蓬」という柳名の作家です。大垣川柳会への加盟も老齢になられてからでした。上石津町に住まわれ、飄飄たる人柄で慕われました。「先日散歩の途中に狐と会いました。暫く話をしましたが逃げませんでしたよ」楽し気に話される方でした。

ご冥福をお祈りします。・・・合掌・・。

独り言厳しく鬱の身を攻める

よく独り言を口にします。句創りの時、原稿書きの時、風呂に浸かっている時などブツブツ言っているらしいです。でもそういう時は自分を攻めている時が多いと思います。他人に対する不満より、自分に対する情けなさに憤懣をぶつけていることが多いと思います。

All the world's a stage,
And all the men and women merely players.
by William Shakespeare

妃殿下の笑み避難所に灯を点す

　災害の後に必ず、天皇、皇后陛下は被災地を慰問なさいます。避難所では、わざわざ床に膝をつかれて言葉を掛けられますが、御歳から見て大変だと思います。両陛下のあの微笑と御声に被災者一同は感謝と感激ですが、後ろに控えているお付きの人たちは作業服に、真っ白い手袋で！

人生のレース兎も亀も勝ち

「ウサギと亀」の童話はイソップ寓話に入っています。日本へは室町時代後期に入り「伊曽保物語」として広まりました。明治になり、油断大敵を子供に教えるため教科書に取り入れられました。亀に視線を移せば「努力すれば成る」ということですが、あなたはどちら派ですか？

六十路過ぎ鱗が落ちたあの素読

素読は論語ですが、寺子屋の数からみると、結構な人数の論語読みがいたことになります。子供は訳もわからず暗誦しましたが、大人になってから「そうか！」ということが多かったと思います。論語に限らず、諺、和歌、俳句、川柳など、「目から鱗」という経験は結構多いものです。

ホイッスル一つ国家が動きだす

目には見えないコロナウイルスのせいで、世界中が異常事態の宣言を行い、特別法を制定し、国民や企業の行動に制限を加えました。一口に災害への対応と言えばいいのかもしれませんが、国家総動員法を知っている者には、不安を感じさせる一面があります。

All the world's a stage,
And all the men and women merely players.
by William Shakespeare

「月光の曲」が哀しい資料館

鹿児島県知覧町には、特攻隊の基地があり、現在その跡地に資料館が設営されています。音楽を志した二学徒が、出撃の前夜に小学校のピアノを借り「月光の曲」を弾き出撃しました。一人は戦死、もう一人は機体の故障で戻ったのですが、そのまま「振武寮」に収監され、敗戦を迎えました。一度戦死したことになっている特攻兵を収監する振武寮はまさに地獄で、自殺者や、壁に記された呪いの言葉は、筆舌に尽くし難いものらしく、此の特攻兵も長く口を閉ざしていました。

私はたまたま、「月光の夏」と言う朗読劇に出演する機会があり当人の役を演じたことから、このページを書くことができました。しかし、こんな短文で表せるものではないことは百も承知しています。

All the world's a stage,
And all the men and women merely players.
by William Shakespeare

ジパングに着けど帰れぬ鬼、天狗

旅行家マルコ・ポーロが著わした一二七一年～一二九五年の中国への紀行文に「東方見聞録」があります。その中で、日本のことを「ジパング」と記し、ヨーロッパ人の関心を集めました。その後「ジパング」へ渡った人たちの中で帰れなかった組が、赤鬼、青鬼、天狗の伝説になったと思っているのは、私だけでしょうか？　肌の色、鼻の高さ、で想像しました。

鏡前お福の顔を真似る妻

誰でもだとは思いますが、鏡前の女性は百面相をします。ファンデーションの乗り具合、口紅の仕上がり、眉やアイラインなど確認をします。そして最後は、ニコッと笑んで「ヨシ」。でも、やっぱりお福に似てるなー。

All the world's a stage,
And all the men and women merely players.
by William Shakespeare

古代史の大河は竜として暴れ

世界中のどの大河も、沃野を潤す故に崇められ、濁流となり暴れるがゆえに怖れられました。そして、国家や部族を超越する立場として畏敬されました。中国を始め漢字国では、竜に譬えられるのもムベなるかなである。やはり、水に関する言い伝えから巨大魚の仲間を連想するのでしょう。

幸の字は卵形にと子に教え

「幸」という漢字はバランスのとりにくい文字です。孫達に書かせるときは鶏の卵のようにと教えています。卵の形は、転がってもボールのように遠くへは行かず手元に戻って来るから、幸せも遠くへ行かないように、と屁理屈を付けて話しています。どの鳥の卵もあの形をしています。

All the world's a stage,
And all the men and women merely players.
by William Shakespeare

本当の敵はコイツと指す鏡

誰も自分自身が敵だとは思いません。にも拘らず、鏡に自分を写すと「此奴」と指を差すのは何故でしょう。鏡の中の自分の顔に、気の弱さ、意志の弱さ・・・とあらゆる弱さを観てしまうからではないでしょうか。そして同時に、励ましの意味も込めて指を差し、鼓舞するのだと思います。

英才教育　ホボ並みの子にでき上がり

自分の子は、何か特別の才能があるように親は思いがちです。だから幼児の頃から英才教育を、と並なことを考えます。私は、英才とは自分に足りない能力を自分で補おうとする能力で、ヒトから貰うものではないと思います。師に付いても、他より多少早くなる程度ではないでしょうか。

All the world's a stage,
And all the men and women merely players.
by William Shakespeare

口元が笑む　モナリザと辻地蔵

モナリザの絵はどこから観ても微笑みで迎えてくれるそうです。ただし、観る角度によって微笑みの仕方が違うそうです。モナリザの仕事は居酒屋の給仕かな？　笑みと言えばもう一つ、どこでも見かけるお地蔵さんもどういう訳か微笑んでいます。お地蔵さんが言っておられました。「わしらは須弥壇なんか堅苦しくて居られんですわ。ハハハ」

二度目には里の地酒が置かれてる

出張中に酒を呑みに入りました。「地酒の店」という店名がついていましたので、在所の酒を訊いてみましたが置いてありませんでした。でも一週間ほどしてその店に行くと、店長さんがニコッとその酒瓶を出してきました。お客さんの多い理由が判りました。

All the world's a stage,
And all the men and women merely players.
by William Shakespeare

よく騒ぐ感知器だから切ってある

防災機器の点検を専門の業者に委託契約をしていました。ある時、その業者が私の許にきて「工場内の感知器が切られています。機器としては正常に働いていますので電源を切らないようにお願いします」と報告してきました。調べてみると、現場の担当者は「よく誤作動をするのです。その度に機械を止めて点検するのが大変なので、切るのです」と言い訳をしました。担当者と工場の責任者には「感知器が反応をするのは、誤作動じゃなく、正しく反応しているのじゃないか？　きちんと調べ直してください」と指示しました。

案の定、機械の設置場所の問題でした。数十センチずらしただけで感知器は誤作動をしなくなりました。

All the world's a stage,
And all the men and women merely players.
by William Shakespeare

募集チラシ 俺の人生まで変えた

この句は自分のことではありません。その人は他の仕事をしていましたが、事故で怪我をしてしまいました。それで退社し、別の就職先を探している時、新聞チラシを奥様が見つけました。「変な社名！ でもあなたの前の仕事と関係あるんじゃない？」それで奥様が会社に電話をすると「女性も募集してます。ご主人より奥様がいかがですか？」と言われたそうです。奥様は笑いながら「変な会社だけど、顔出してみたら」と言われて彼はその会社に出かけたそうです。そしてすんなり入社してしまいました。でも、最終的にはその会社の役員になり、更に別会社の社長まで務めることになりました。一枚のチラシの縁、不思議なものです。

All the world's a stage,
And all the men and women merely players.
by William Shakespeare

百円ショップ ホンに無粋な消費税

八％の消費税でした。代金を払う時に百八円でした。煩悩の数と同じだなと思いつつ品棚を見たら、文具屋の方が安いゾ！

流れ星 銀河の中の落ちこぼれ

星が流れている間に願い事をしたら叶う、と言うが無理です。スーと消えてしまいます。こん畜生と思いながら「落ちこぼれの癖に」と毒づいて終りです。

含ませた墨一筆の詩心

短冊に筆書きすると句意が深く感じられます。文字の太さ、漢字と仮名のバランス，などが表現に絶妙に影響します。

All the world's a stage,
And all the men and women merely players.
by William Shakespeare

花一輪誰が挿したか無人駅

無人駅の窓辺に、ガラスの少し大きめのコップに、一輪の牡丹の花が挿してありました。この駅は、時々こうして花を挿してくださる方が居られます。花が置かれた日は、周りが掃かれていますほとんどが通勤客ですが、中には、頷いて通る方も居られます。　ありがとう!

大胆に「魔王」を歌う風の夜

私は、リタイヤしてから、師について声楽を習いました。ある日師から、「次回は『魔王』を歌いましょう」と薦められ愚かにも乗ってしまいました。伴奏者には大変な曲です。ほとんどが三連符の連続で腕の力も要する曲です。シューベルトが俺の為に創ってくれた、という気持ちで歌いました。

All the world's a stage,
And all the men and women merely players.
by William Shakespeare

屍はどちらも負けと叫び声

紙上では、今でも戦争のニュースが載っています。戦の激しさはともかく、攻守とも死者が出るのは当然です、何せ、爆弾を投げ合っているのですから。そんな戦いで死んだ人は、兵士も巻き添えの人も、敵も味方も「負け！」と叫んでいると思います。反戦を気取るつもりはありませんが、戦は馬鹿げたゲームです。

卓袱台《ちゃぶだい》にミサイルが飛ぶ鳩が翔ぶ

戦後のバラック住居を建て替えるにあたり、新しい形式の文化住宅が流行りました。それまでと違い、台所と食堂が床式になり、卓袱台が消え脚の長いテーブル式になりました。一家団欒の場でご飯を食べ、茶を啜る中で、外国での戦の話、スポーツの話、日韓、日中の外交など、一日のニュースが語られるようになりました。サザエさんの家が懐かしいです。

All the world's a stage,
And all the men and women merely players.
by William Shakespeare

怒りつつも花盗人はすぐ許す

花壇に育てられている花などは、わざわざ侵入してきて盗られるということは先ずありません。花木と言われるもので、金木犀、椿、山茶花、小手鞠、薔薇などで歩道などにはみ出ているし、手ごろな高さだし、沢山咲いてるし、と一枝折られてしまいます。食卓に飾られているなら、マ、イイか！　です。

チャプリンが明るく抉《えぐ》る現代史

昔、チャプリンの映画を観ました。「モダンタイムス」「独裁者」「ライムライト」観客は大いに笑いましたが、当人はどんな気持ちで製作したのでしょう。六十数年前のことですが、「独裁者」のシーン、ヒンケル（ヒトラー）が地球儀の風船を弄ぶ様子、また、床屋で隣席の客（ムソリーニ）と椅子の高さを競い合う様子は、見事な諷刺で、これを戦中に創っていたのかと感激したのを憶えています。

日本海安保の風が音をたて

一衣帯水の日本海で、日米、米韓、米台、更に日米韓の軍事同盟に対し、中国、ロシア、北朝鮮などの国軍が入り乱れて権益を主張しあっています。お互いが一触即発の状況で、自国防衛のために手を尽くしています。軍事同盟を見れば、極東での米国の考え方が判ろうというものです。

近頃は遺影の方が俺に似る

昔は、六十代、七十代で他界される方も多くありました。そのためか、遺影も御当主より年齢が若い場合も結構あります。先日、あるお宅で座敷に通され、その隣の仏間に遺影が飾られていました。「よく似ておられます」というと「近頃は、父が俺に似てきたと言われるのよ」と笑っておられました。

All the world's a stage,
And all the men and women merely players.
by William Shakespeare

桃紅さん筆で宇宙を描き切る

岐阜市出身の前衛書道作家の篠田桃紅さんは、筆で抽象の世界観を鋭く表現されます。作品は世界中の美術館などに収蔵されています。国内より海外で、高く評価を受けておられる作家です。この項を記した、令和二年八月二日現在御年百七歳だそうです。

突然死したら祝えと妻に言う

喜寿も通り過ぎたことから、いろいろと身の回りを整理しています。いわゆる断捨離です。あとは大きめの書棚一杯分の書籍が残っていますが、これは古書店ないしは古紙回収業者に渡せば済みます。葬儀を当人は望んでいません。遺族が勝手にすれば善しで、むしろ祝えと言ってあります。

All the world's a stage,
And all the men and women merely players.
by William Shakespeare

疑問符は耳の形と児に教え

子供の頃から「?」は耳の形に似ていると思っていました。大きくなってから、耳の象形として記号になったと白川静さんの書物で読みました。やはりそうか、昔から人の考えることは似たようなものだ、と認識して以来、自分の子や孫たちにも同じように伝えています。彼女たちが憶えているかどうかは判りません。恐らく忘れているでしょう。

長生きの秘訣はヒトを食ったから

戦後初の総理大臣・吉田茂さんに、ある人が健康の秘訣を尋ねると「俺はヒトを食ってるから」と笑って言われたそうです。占領軍司令官に「日本の統計が正確なら戦争に勝ってた」とも。吉田茂の機知は英国仕立てです。彼は外交官で、ステッキや葉巻もチャーチル首相と同じスタイルです。

All the world's a stage,
And all the men and women merely players.
by William Shakespeare

恐竜のことは先生よりあの児

私は図鑑を見ることが好きです。魚類、鳥類、虫類、獣類、爬虫類、そして恐竜類。以前はすべて書棚に在りました。そんな中で気づいたことですが、鳥類と、恐竜は同じような目元をしています。あの児が教えてくれました。恐竜は爬虫類で、鳥は爬虫類の中で飛べるようになったもの、と。だから、鳥も爬虫類も卵から生まれる、って。成程そうか。

濡れせんべい食べて娘も母の貌

赤ん坊はきわめて飽き性で、すぐに興味の対象が替わり、その度に口に放り込むからツバでべとべと。塩せんべいは、喉には詰まらないようにできていますが、グニャッとなります。母親は「また」と、それを拾って自分の口に入れます。子を持つ前なら、嫌悪感の溢れた顔でゴミ箱に捨てていたのに。

All the world's a stage,
And all the men and women merely players.
by William Shakespeare

自衛権だけが成長する恐怖

自衛隊が合憲か違憲かと問われれば違憲だと思います。憲法には戦争の放棄が謳われており、軍隊は持てません。では、自衛権はないのかといえば、あると思います。こういう馬鹿げた、しかも結論の出にくい問いを、長い間投げかけてきました。そして、その自衛権がどんどん膨らみ、自衛隊という軍隊になってしまいました。

さらに、「集団的自衛権」などと表現されて軍事同盟の名のもとに出陣することになりました。戦場でない戦地へです。国会で、よくこのような議論ができるものだと、情けなくもあり、半分は、話し合えるだけ心強くもあるのだと安堵も致しました。国内では、確かに戦場感はありませんが、現場はまさに戦場だと思います。

All the world's a stage,
And all the men and women merely players.
by William Shakespeare

道化師の心も魔性だと気づく

笑う心と、笑いを求める心は、同じ長さの歴史を持っています。道化師は、笑いを求める心にどしどしと踏み込んできます。道化師は、自分が哀しくても、楽しくても、また怒りの中にいる時でもそれを隠し通す技を持っています。そして必ず、ヒトを笑わせます。洋の東西を問わず、文明の起こるところ何処にも道化、伽衆といわれる職集団が存在するのはそのためです。

落語家・故柳家小さん師匠の顔を眺めても笑えませんが、噺を聴くと笑ってしまいます。対して可笑しい話でもないのに、つい引き込まれてしまいます。この引き込み方が彼の魔性なのかもしれません。

All the world's a stage,
And all the men and women merely players.
by William Shakespeare

餅撒きに馴染めぬ母の躾糸

セロハンに包まれた飴だって放って渡したら「口に入れるものを放るな」と母からドヤされました。だから私は結婚式の菓子撒き、節分の豆まき、祭りの餅撒きなどは参加しません。また、お金も放りません。賽銭は、箱の構造上落すことはありますが、後ろから投げることは性に合いません。これは、「神は敬うべし、頼るべからず」という躾からです。

葬送の讃美歌でしたあの唱歌

小学校の時授業で習った歌「済みゆく御空に落ち行く夕陽・・・」十字架が飾られた葬儀に参加した折、オルガンが奏でられ聞き覚えのある曲が流れてきました。七十年前の歌詞が口元に浮かびます（詞が違います）、家で調べてみると、讃美歌二一―二一九でした。教科書に仏教の声明は入っていない！

All the world's a stage,
And all the men and women merely players.
by William Shakespeare

葬送は行進曲にしてほしい

多くの葬儀に参加してきました。殆どが暗く静かな式ばかりでした。悲しんでいる人もいるから、明るくできないことは百も承知しています。でも葬儀は、死者を送るためでは？　そこでお願いですが、私の葬儀では（やらない選択もありますが）お経無し歌詞無しで「威風堂堂」にして欲しい！

芋の皮小さな水車の音で剥《む》く

小学生の頃、どこへ遠足に行ったときか記憶にありませんが、小さな川に水車が回転していました。小屋はありません。近くにいたおじさんに「あんな水車で電気起こすの？」と訊くと、おじさんは笑って「電気より上手に皮がむけるヨ」と教えてくれました。里芋の皮だって。

All the world's a stage,
And all the men and women merely players.
by William Shakespeare

ヒトだけが歳月という虫を飼う

地球上には幾千万という生物がいます。それらのほとんどが自然に対するカレンダーを持っていますが、その単位は「季」です。中には生が数時間というのもいますが、極極稀なケースです。ヒトは、九九・九%が「分」か「時間」を単位で生きてます。残る〇・一%が、十のマイナス十乗位の小さな小さな虫を飼って生きています。十の十乗以上の大きな宇宙を相手に。私には、その価値が判りません。

玄人はだし　所詮プロではない評価

「玄人はだし」とはよく耳にする誉め詞です。辞書を引くと、「玄人が裸足で逃げ出すくらい技芸が優れている人」とありました。要するに「玄人じゃないけど」と言われているだけです。

All the world's a stage,
And all the men and women merely players.
by William Shakespeare

極上の人民服がまだ睨む

中国の毛沢東さんが、背広、ネクタイを着けている写真を見たことがありません。そういえば、北朝鮮のトップは、先代のお二人は人民服姿しか記憶がありませんが、金正恩さんは背広姿がありました。トランプさんとの会談の時でした。そのために、わざわざ新調されたのかもしれませんが、人民服の方が様になったと思います。

腐敗臭必ず内部から洩れる

どんな仕組みも、管理の目、監察の目が無いと腐ってしまいます。否、整備されていても、忖度と目こぼしという暈《ぼか》しの技術は、隙間を目張りして匂いが外に漏れにくくしてしまいます。でも、どこからか洩れてくるのです。

メモ用紙で！　紙飛行機で！

All the world's a stage,
And all the men and women merely players.
by William Shakespeare

人臣を極めた席も棘を持つ

国会での野党議員の質問の仕方や内容を聴いていると、なんとお気の毒な立場かと思ってしまいます。でもまあ、それに対する答弁もまた似たようなというより、増して酷いからアイコかもしれません。あの席の座り心地は、良くは無さそうです。

人間がいるから魔物にも居場所

水木しげるの「ゲゲゲの鬼太郎」を読んで、目から鱗でした。この世のどんな化物も、すべて人間が創造したものであると。だから魔物たちも、人間がいなかったなら存在価値がないのです。神仏はヒトの創造物と記したことがありますが、魔性の物たちも心中に棲まわせているのですね。

All the world's a stage,
And all the men and women merely players.
by William Shakespeare

天国も地獄もヒトの手が造り

天国や地獄も、神や仏、魔性の物と同じでヒトの創造物。

人間が馬の系図に走らされ

競走馬はサラブレット種で、その系図を辿ると三頭に行き着くそうです。より速く走る遺伝子だけを継がせるのは自然の掟に反しますが、馬のせいではなく人間のせいです。

サザエさんも人相変わりゆく世相

長谷川町子さんのファンで、作品はほとんど持っています。「サザエさん」は全巻揃っていますが、それを見ると、彼女の人相、体格は全く変貌しました。同じなのは髪型だけです。マンガも今風に変化させるのですね。

次に指す駒つまんでるヘボ将棋

会社の昼休みは、いつも数組が将棋盤に向かっています。T君と盤に向かうと、こちらはじっくりと考えても、彼はすぐに指してきます。速い！　彼曰く「次に指す駒を摘まんでるから、先が読めてしまうんだ！」で、彼の相手は誰もいなくなりました。彼は独り、詰将棋の本で「あっ、詰んだ」。二十手くらいは読めそうです。彼は元学生チャンピオンらしい。

拝殿に名を向けて吊る受験絵馬

おそらく親御さんも一緒の参拝でしょう。成績優秀な子も、普通の子も合格祈願には行くのです。そして親御さんは、子供にアドバイスをしています。「神様からよく見えるように、名前を拝殿の方に向けて吊るすのよ！」と。でもよく見ると「アレ、その絵馬、漢字を間違えてるよ！」

All the world's a stage,
And all the men and women merely players.
by William Shakespeare

出師の表　戦争知らぬヒトが出す

中国は蜀の諸葛孔明が、帝の劉禅に奉った魏討伐の上奏です。今、こういう書が出ているのではありませんが韓国、北朝鮮、中国、ロシア等の国境侵犯事件が多発している折から、我こそ正義と意識する輩が出る可能性はあります。

上様が畏まってる領収書

飲食店の代金まで事業の経費で落そう、という小企業の親父です。自社の若いものを連れて勘定を支払う時のことでしょう。従業員は何と思うでしょうね。気前のいい親父？　否、「俺たちは自分で払うけど、親父は会社の経費かよ」です。

All the world's a stage,
And all the men and women merely players.
by William Shakespeare

学校は早稲《わせ》も晩稲《おくて》も植えてある

生徒たちの中には、早稲もいれば、晩稲もいます。普通の先生は、早稲の方に向いて授業を行いがちです。その方が評価が高いからです。でもある私学は、早稲に晩稲を教えさせました。すると、両方とも早稲になってしまったのです。有名校への進学率が全国でもトップクラスです。

いぬ棒カルタほぼ実感をして耳順

「いぬも歩けば棒にあたる」「論より証拠」「はなより団子」と続く「いろはカルタ」は、生活をしてゆく上で示唆に富んだ短詞で構成されています。何とか仮名が読めるようになった児も加わりやすく、記憶にも残りやすくできています。でもすべてを実感するには結構な年月を要しますゾ。

All the world's a stage,
And all the men and women merely players.
by William Shakespeare

書道展観に来た人も見事な字

よく書道展を鑑賞に出かけます。必ず一文字憶えるように努力をするのですが、毛筆の草書体は憶えにくいです。入室する際に、必ず住所氏名を書かされます。それも筆です。どういう訳か、私の前の方は達者な文字が多く、類は朋を呼んでいるなと思いつつ、まずい字で署名します。マ、いいいか。他の人の引き立て役で。

転居の児もう方言を口に出す

親の職業の都合で京都に転居した児が、ゴールデンウィークにママと帰ってきました。驚いたことに、その女の児はもう京訛で話をするのです。親は前の通りですが。ママの話では、小学校に入ってからすぐ使いだしたそうです。春休みの転居から二週間足らずで。子供の適応力は凄いです。

All the world's a stage,
And all the men and women merely players.
by William Shakespeare

叩かれた方は気づかぬ手の痛み

中学生の頃、理科の先生から「作用と反作用」ということを習いました。机を叩く例題で説明を受けたことを記憶しています。机でなく人であったなら、と。叩いた方にも同じエネルギーが手に伝わる筈だが、叩かれた方は、自分が痛かった事だけが記憶に残っているらしい。

情報の海に溺れている真理

こちらの都合も考えず、勝手に追いかけられるのが厭で、私は、ケータイもスマホも持ちません。デスク型のパソコンを利用しますが、一日に二、三十件のメールが入ります。確認して読みますが、まず不要なものばかりで、削除します。それでも不自由や、困ったことを感じた記憶はありません。こちらが管理できない情報は要りません。

All the world's a stage,
And all the men and women merely players.
by William Shakespeare

大群の鰯にも居る司令塔

大群で泳ぐ鰯の映像を見て感じることは、あの一糸乱れぬ行動の指示は誰がどのように出しているのか、ということです。鰯が声を出しているようには見えません。小鳥についても同じです。あの小さな体躯で数万尾に一瞬に信号を送る仕組みは、人間の世界でも役立ちそうな気がします。

売った恩 着た恩足すとゼロになる

ほとんどの人が、誰にどういう恩を売ったか、誰からどんな恩を受けたか、などとカウントしていることはありません。もし、それを強く記憶しているとするなら、よほど困った時に助けてもらったこと位でしょう。売った恩の方は、それを持ち出すことは人間性を疑ってしまいます。

All the world's a stage,
And all the men and women merely players.
by William Shakespeare

白杖の先は地面の星を追う

目の不自由な人にとって、道路に敷かれた突起の有るパネルは、それこそ道路であり、生活ラインです。心無い人によりその上に物を置かれたり、自転車を置かれたりすると、立ち竦んでしまいます。あの突起こそが白杖を通じて呼びかけてくる星だと思います。

山頂に太古は海というロマン

岐阜県大垣市の赤坂山は全体が石灰岩です。採掘される石灰石からは良質の石灰が生まれ、日本の工業生産品の大事な基礎材料となっています。その石灰石から、三葉虫やウミユリなど、海の生物の化石が採集されますが、元は海底だったことの証です。地学の教科書には、必ず頁が割かれる地で、生物学的にも、陸生の貝の宝庫と言われています。

All the world's a stage,
And all the men and women merely players.
by William Shakespeare

解釈に難癖つける句読点

条文などでは、解釈に差が生じないように気遣いをして句読点が配されています。また、書籍や文献など他の人に読まれる可く活字印刷にて発行される物も句読点が付されています。文芸作品や手紙等はないものも沢山あります。解釈に誤差が生じても差し障りないからかと思います。

一本がイッポンとなる国際化

日本古来のスポーツが外国の人たちの間にも広まり、国際的な競技種目となりました。柔道はその用語がカタカナで表記されボードに載せられます。そういえば、農協、弁当、津波・・・日本語で通じるそうです。ただし、アルファベットで書かないとだめです。

All the world's a stage,
And all the men and women merely players.
by William Shakespeare

仮想敵の言葉でだます防衛費

敵があるから、防衛のための仕組みが必要になります。そのためには、ヒトも金も要ります。逆に、敵がなければ、それがすべて余るのでしょうか。なれば、世界が一つの国になればいいのに。こんなことを考えるだけで、楽しいひと時を送れます。

未来技術まずは兵器で試される

それまで使われていた火薬を、鉱山の為に造ったダイナマイトが、殺人、破壊兵器として使われることを嫌ったノーベルの遺言により、その財産で「ノーベル賞」が誕生しました。しかしその後も科学技術、核技術、情報処理技術と、あらゆる技術は、まずは兵器で試されています。

All the world's a stage,
And all the men and women merely players.
by William Shakespeare

総裁も首相も民は選べない

パーフェクトな民主主義政治というものは存在しません。近づく努力はするのですが。しかし、建前としてならその形は幾つもあります。一応国家として認められている国はすべて該当します。日本の仕組みは、一応国会議員を選びます。国民はそこまで、後は特別の人か、国会だけです。

納骨は無用 野に撒け地に戻る

神も仏もヒトが創り出した、という持論を持つ私としては、社会の決まりによって火葬処理をされた後は、この句の通りで構いません。この世から一切消えます。

All the world's a stage,
And all the men and women merely players.
by William Shakespeare

自虐史観と真顔で言える平和呆け

本来あるべき姿形でなく、間違って現在の形にしてしまった、ないしは、されてしまった、嗚呼！　というのが自虐史観です。わたしは、他国の言うなりではなく、顔色を窺うではなく、自分の納得する主張と妥協とで成り立つ国家で有るべきだと思います。現在この国で「自虐史観」というとき、太平洋戦争以後の国政を指しているようですが、現在の立憲君主制で自虐とは思えません。

半世紀アルバムの樹は天を向く

子が入学の折り、記念として植樹したものが、やがて半世紀になります。当時は、この半分もなかったのに、今では幹の径が十センチを超える程になりました。庭師の出番です。

All the world's a stage,
And all the men and women merely players.
by William Shakespeare

思い遣り予算が増える傘の下

占領体制下ならともかく、独立国として存在する国に対して居座って軍事基地を設置しています。居住する兵やその他の関係者に対する司法権もないとは、どのような条約になっているのでしょう。「思い遣り予算」という言葉があるくらいですから、わが国が基地費用をいくらか負担していると思いますが、基地用の土地や、上空の権利関係など、何処に、誰に訊けば判るのでしょうか？

自衛隊派遣　戦地でない戦地

憲法上、自衛隊は戦争の処理としては存在しません。従って、戦地でない戦地で道路整備をしています。近くで砲弾が破裂しても戦地ではないと言い張る政府。そんな場所へ行くのも「集団的自衛権」という言葉の魔性です。

All the world's a stage,
And all the men and women merely players.
by William Shakespeare

戦場に武器商人の懐手

日本には兵器産業は存在しません。しかし、関連産業は存在します。諍いがなければ、在庫が溜まるばかりの筈が、ちゃんと製品となり売却されてゆきます。誰が？ 何処へ？ 値は？ こんなことを考えると、世界には必ず武器、兵器を消化、消費する仕組みが存在するという結論に達します。民族紛争、宗教紛争、内紛などを煽るのは、武器商人か！

情報の海が削ってゆく知性

ＩＴ技術の進歩は目覚ましいものがあります。既存の技術の中に入り込むばかりではありません。更に加速度的に発展させてゆきます。今それを担っているのは情報技術者と言われる若者たちです。しかし、その速度や質に取り残されてゆく者たちは、削り取られてゆくのです。

All the world's a stage,
And all the men and women merely players.
by William Shakespeare

懸命に陽を蓄える吊るし柿

毎年、百個ほどの吊るし柿を造ります。生産農家から気遣いをいただいた柿です。皮を剥いて、蔕《へた》に紐をつけて吊るしますが、妻と大騒動をしてやっています。数日もすると表面が乾き、後は毎日手で揉みます。陽光を吸い込むように、柿に茶色が浸み込み、うまく仕上がりました。

世事すべて歪んで見える目の病

新聞・テレビで目にすること殆どが常識を疑うようなことばかりです。政治や教育に至るまでが。私の頭が変になっているのではないかと思うくらいです。そういえば先日、年一度の眼科検診に行った時のこと医師から言われました。「物が歪んで見えることはありませんか？」と。その為か！

All the world's a stage,
And all the men and women merely players.
by William Shakespeare

視野狭窄アメリカだけがデカく見え

ギリシャ、ローマ帝国、トルコ、ポルトガル、スペイン、大英帝国、ソ連、これらはかって世界に覇権を誇った国、現代はさしづめアメリカです。軍事力も含め物と金を世界に流通させる力からです。其の面ではこれからも当分覇者でしょう。中国は、一党独裁の国家として、覇者にはなれないでしょう。

縦横の縞しか見ないまじめな目

縦横の縞は、目の粗さはあるが端正です。端正なものしか見ない、見えない目は、正攻法でしか対応ができません。物事は、正攻法だけで発生する訳ではありません。視覚も、錯視、錯覚を見ぬけないと効果的な対応が難しくなります。初期対応に失敗、という言い訳がこれでしょう。

All the world's a stage,
And all the men and women merely players.
by William Shakespeare

歌えぬ人歌わぬ人も居る国歌

幕府政治は、勅諭を笠に着た政治でした。幕府を覆した明治以後も同じ構図です。それが大戦後に大きく変化しました。天皇の大権を否定し、象徴という権威だけ残りました。その間に、犠牲、屈辱、責任を負わされたと意識する人々には、国歌、国旗にわだかまりを持つことも当然あり得ます。

手榴弾配り軍令否定する

沖縄に米軍上陸、掃討攻撃が開始されて、島民の集団自決が起きました。その折、手榴弾などが使われました。後年、それが問題になった折、国は自決の軍令を否定しました。当時、民意が軍令に勝ることはなかった筈です。民が持ちえない手榴弾の入手経路は？　まさか盗み出したと？

All the world's a stage,
And all the men and women merely players.
by William Shakespeare

風穴《ふうけつ》に硝煙を抱く民の骨

島民が防空壕の替りに隠れた風穴だが、軍が使用するため民間人は出ろという指令が出されたそうです。逃げる術を閉ざされた島民は海に飛び込んだり、日本兵に銃で撃たれたり、手榴弾で集団自殺をしたり、したそうです。今も風穴から、当時の弾痕が残る人骨が発見されるそうです。

リハビリの右手が地獄から抜ける

知人が脳梗塞で緊急入院、処置が早く、右手に少し異常を残した程度でした。そしてリハビリを始めましたが、持ち前の根気強さで克服し一週間で退院、すっかり並に。

All the world's a stage,
And all the men and women merely players.
by William Shakespeare

戒厳令 砲は自国の民に向く

新型ウイルスによる大騒動で、災害特別措置法が設定されました。これが内乱や、大掛かりなデモ等の場合には戒厳令が敷かれます。こうなると警察より自衛隊が出動します。いくら憲法に「…紛争を解決する手段と…」の定義が有ろうとです。お隣の中国では、香港のデモに対して軍隊出動の準備がなされているようです。トランプ大統領もデモ鎮圧に州兵の動員を呼び掛けています。

高層マンション座敷童は住みにくい

日本のあちこちに「座敷童」の民話が遺っています。絵本にもなり、幼児たちには馴染の深い「お化け」の仲間です。でも、最近の住宅事情では、座敷童には居心地が悪そうです。

All the world's a stage,
And all the men and women merely players.
by William Shakespeare

民主主義唱える国の砲の数

　新聞紙上に、黒人が白人警察官に殺された、という記事が掲載されました。背景までは記されていませんが、またか、という感覚です。あの国では、人種差別は結構根強いものがあります。また、移民に対する差別もです。考えてみれば、白人もかつては移民ではなかったのでしょうか。

　米国ではどこの家庭にも銃があるそうです。憲法でも銃の所有を認められているとのことです。開拓時代の名残りかもしれませんが、民主主義を大切にする国で何故？　と違和感を覚えます。

　事件が多いから家庭に迄銃があるのか、銃が多いから事件や事故が多いのか判りませんが、銃の廃止を唱える大統領は落選するそうです。

All the world's a stage,
And all the men and women merely players.
by William Shakespeare

天地には謝意を惜しまぬ無神論

私は、宗教というものはすべて、人間が創造したものだと思っています。ですから、願い事などは一切しません。が、いつも感謝の気持ちだけは持っています。神や仏にではなく、自然に対しての感謝です。

子供時代にこんな経験をしました。住まいの近くに、旧家の邸宅があり、その門の前に大きな噴井がありました。そこで、真っ白な蛇を見かけました。蛇の白化はよくあることらしいですが、以来、時々その白蛇が脳裏に浮かびます。それがいつの間にか私の「お守り」になりました。だからその「お守り」の白蛇に感謝します。アッ、そうか！　その白蛇が、阿弥陀であり、キリストであり、アラーの神でありと思えば、私も宗教人か。無神論なんて笑ってしまいます。

All the world's a stage,
And all the men and women merely players.
by William Shakespeare

海底に大和は今も生きている

帝国海軍の大艦巨砲主義の元「大和」「武蔵」「信濃」の三艦が建造されました。大和は一九四一年に完成して、四五年四月に沖縄へ出撃の途中に、九州の南方で撃沈されました。近年になってその艦体が発見されました。一方、武蔵は四二年に完成し、四四年レイテ湾海戦で沈没させられました。信濃は、航空母艦として四四年に完成しましたが、潮岬沖で魚雷を受けて沈没しました。

大艦巨砲主義で、国民から多大な戦時債券と金属回収などで建造した巨艦のあっけない最後はまさに幻です。そして今も乗艦していた兵は、「水漬く屍」のままなのです。

All the world's a stage,
And all the men and women merely players.
by William Shakespeare

農業を継ぐと倅がUターン

知人は、親から引き継いだ田畑を今も守っています。隣から頼まれて買ったりして、増えているくらいです。彼の倅は、学校も勤務先も東京で、家庭も向こうで持っています。その倅が突然「農業を継ぐ」と言うらしく、「倅に何かあったのか」と嬉しさ半分、心配半分で相談に来ました。私に判断できる訳がないし、無責任なことも言えません。

銅像が皮膚炎おこす酸性雨

野外に建てられた銅像は、どれも緑青を吹き、見るたびに「お気の毒に」と溜息が出ます。それなりの功績、治績があって、それを顕彰すべく、あの像が建てられたのでしょう。それならそれで、もう少し気遣いが必要ではと思います。

All the world's a stage,
And all the men and women merely players.
by William Shakespeare

パンドラの箱はもともと空でした

ゼウスがパンドラにあらゆる災いを封じ込め人間界に持たせてよこした箱で、彼女はうっかりこれを開いたため、中の災いが飛び出し、慌てて閉めたが希望だけが残りました。

へー、では希望は元々災いか。　たいてい適わないからね！

一升瓶薬の棚に置いてある

酒飲みが言い訳がましく、一升瓶を、常用している薬の横に置いている、という所でしょう。「酒は百薬の長」と言いたいのでしょう。しかし、飲みすぎると、アル中、肝硬変、高血圧、糖尿病など、「百害の長」でもあります。

All the world's a stage,
And all the men and women merely players.
by William Shakespeare

転進と言葉を飾る負け戦

大戦の時は、私は生まれたてですから何も知りませんでした。しかし、成長していろいろ読んでいると、大本営発表が如何に嘘が多いか驚きます。それが判っていたのはどういう立場の人たちだったのか、と気になっています。

監視カメラときどきたてる大手柄

いろいろな事件や事故で「監視カメラの映像によると」というコメントで、犯人が特定されることが結構あります。それを聴くと、監視カメラは本当に役に立つ道具だと思います。しかし、道路のいたる所で、通る車を視ているカメラのレンズを見ると、なぜあれだけの監視が必要なのかとも思ってしまいます。その理由は、いろいろありそうです。

All the world's a stage,
And all the men and women merely players.
by William Shakespeare

恩讐の彼方に基地を居座らす

菊池寛の短編「恩讐の彼方に」は身分、仇討などの封建制に、新しい倫理観の目を向けさせた作品ですが、沖縄にある米軍基地が問題になるにつけ、なぜか、この小説が頭に浮かびます。主殺しの僧了海と、彼を仇とする実之助の心根とは遠いが、基地が存在するお陰で、ある程度の平和も保たれているような気もします。沖縄の県民からは、大ブーイングを受けるでしょうね。覚悟をしています。

土門拳のカメラ仏に物言わす

土門拳さんの写真集を鑑賞したことがあります。暗い写真が多いのですが、子供だけは明るい顔でした。仏像は、光と影の使い方の見事さか、どれも話しかけてくるようでした。もう一度、ゆっくりと眺めてみたいです。

All the world's a stage,
And all the men and women merely players.
by William Shakespeare

絵空事と思えど継ごう第九条

戦争を知らない若者は、純真に自国を守ることを考えます。だから、戦争の放棄はともかく、軍隊も持たない、現在の憲法を改めるべきだと考えます。私もかって同じ疑問を持ちました。幾度も読むうちに、夢を憲法にした国は日本だけだと納得しました。敗戦のお陰で！

握手して止まった手話に足す笑顔

知人に耳の聞こえない人がいます。顔を合わせると、私は肘を曲げ、肩まで上げて拳を振り上げます。彼も同じ動作をしてニヤッと笑います。「元気か？」「元気だ！」の意味です。ゆっくり声を出して話すと、彼は音のない口だけで話をします。口話法です。マスクをすると言葉が見えません。

All the world's a stage,
And all the men and women merely players.
by William Shakespeare

表記法四つを使い分ける国

日本語は四種類の表記法を持っています。すなわち、漢字、ひらがな、カタカナそしてローマ字です。年齢によって使い分けもしますが、小学生でも高学年は殆どが四種類とも使いこなします。ただ、その深さは夫々で、大学生になっても漢字に疎く、使いこなせない子もいます。

前後の文体などで、何が効果的な表現かを選びます。

石焼き芋 つり銭までが温かい

劇団の稽古帰りに、よく焼き芋を買いました。アマチュアだから何でも手造りだったのでよく動きました。昼の本職よりよく働き、腹が減りました。十時過ぎる頃焼き芋屋さんが通ります。彼も帰り時刻に合わせているのでしょう。百円玉でお釣りが来ましたが、つり銭迄がホカホカでした。

All the world's a stage,
And all the men and women merely players.
by William Shakespeare

日系移民の戦後 教科書には載せぬ

ブラジルを始め、各国へ移民は出かけています。いつごろから国策として移民が奨励され、一獲千金を夢見る人、食いはぐれた人、その他いろいろ出かけました。敗戦後に引き揚げてきた人もありますが、そのまま残った人もあります。ペルーのフジモリさんは、大統領になりました。でも、日本の教科書には一切記載がないのは何故でしょう？

来世を真顔で語る齢となる

神仏は人間が作ったもの、とほざいている口で、次に生まれる時は何になろ、などと他愛無いことを言う齢になりました。いつの間に輪廻転生を自分の生命観に入れたのだろうか。知らぬ間に、仏教的アニミズムに融け込んでいる私。

All the world's a stage,
And all the men and women merely players.
by William Shakespeare

面舵も取舵も不可　日本丸

舳先を右へ向けるのを面舵、左へ向けるのを取舵といいます。本当の船であれば、操舵は簡単です。舵輪を右か左へ廻すだけですから。国家体制という船は船長によって右へ左へ蛇行します。国家という体制は、社会主義化する要素が強いのですが、日本丸は，今のまま素直に進んでほしい。

簡単な仕掛け日本の核武装

佐藤栄作首相が「核兵器は作らず、持たず、持ち込まず」と発言し、日本の国是として歴代内閣が堅持しました。しかし、艦隊にはミサイル・トマホークが配備されていました。外務省は、日米間で「密約」が存在することを認め、「持ち込まず」は虚偽であることが判明しました。

All the world's a stage,
And all the men and women merely players.
by William Shakespeare

安保条約言葉の罠に気が付かぬ

「安全保障条約」とは、いったい、誰が誰のために安全を保障するのであろうか。字面だけを見るとそう思います。国民の気がそこまで向かないようにこのような表題を付けた、と邪推しています。中身は完全な軍事同盟なればこそ、国会議事堂を取り巻く大騒動となり、女性の死者まで出てしまいました。（樺　美智子さんが座り込み排斥で死去）

護るより扱うとなる高齢者

私も後期高齢者の一人ですが、どうも、言葉の響きが気に入りません。広辞苑には項目と定義が掲載されています。因みに、「前期・中期高齢者」の項目はありません。後期高齢者と言われると、「年寄りを大切に」というより「高齢者取扱い規程」で処理されているような心持です。

All the world's a stage,
And all the men and women merely players.
by William Shakespeare

死して尚国を守れと神格化

国事に殉じた人を合祀したもので、一八七九年に招魂社を靖国神社と改名。各地の招魂社は護国神社と改名しました。戦没者は国家で慰霊すべきですが、政教分離を謳う国が神格化して祀るのは間違いです。追及逃れで、私的参拝と唱えていますが大臣に「私」があるとは思えません。

翔び去った翡翠《かわせみ》　今日はついている

川の淵を散歩していると、少し前の枝から翡翠が飛び立ちました。美しい緑の羽根の色が見られて、今日はラッキーだと思いました。翡は雄で、翠は雌ですが、この文字をよく眺めると、二種類の羽があることに気付きます。辞書で調べてみてください。

All the world's a stage,
And all the men and women merely players.
by William Shakespeare

行進の兵は人形の貌になる

北朝鮮や中国の兵による行進は、テレビで時に目にします。銃を持ち、手を振り、膝を高く上げて行進する様は、とても人間には見えません。勿論、兵隊である以上は、人間の感情を捨てよ、と教育される結果と思います。日本の自衛隊の行進も同じだと思います。

人生を詫びてるような経の声

宗教的なバックを持った音楽は、それぞれ心を打つ響きを持っています。ウィーン少年合唱団の演奏会は幾度も行きました。黒人霊歌やゴスペル、タイのガムランも好きです。仏教の僧たちが、経文を合唱する声明の響きも、洞窟の中でクラシックを聴くようで落ち着きます。

All the world's a stage,
And all the men and women merely players.
by William Shakespeare

年金の暮らしで増えてきた笑顔

来月からは、年金しか収入はない、と覚悟をしました。そして実際に収入は四分の一に減りました。しかし、それほどの窮屈感はありませんでした。妻がボソッと「飲み会と外食はほとんどなくなったわヨ」と。それと「子供たちが独立で家計が別になり、貯金をしてた分、それは無理ね」と。

満潮を選ぶ胎児の出世欲

赤子の出産は、潮の干満と関係があると何人もから聞きました。その中の一人が「もともと生物は、海から陸に上がったのが進化した。だから海時代のロマンが残っている」と教えてくれました。それなら生き物全部では、と返しても笑うだけ。でも「海時代のロマン」が気に入って納得しています。

All the world's a stage,
And all the men and women merely players.
by William Shakespeare

自転する地球が軋む音を出す

地球が誕生して四十六億年経つそうです。これまでは順調な時の流れでしたが人類という生き物が出現してから少しずつ狂い始めました。大量のガス、大量のプラゴミ、大量の合成洗剤他・・・。十六歳のグレタさんに怒鳴りつけられるまで気付かないなんて！

孫と踏むワルツは「パパと踊ろうよ」

クラシック歌曲のコンサートで、私はアンドレ・クラボーの「パパと踊ろうよ」を唄いました。孫娘に声を掛けたら「やりましょう！」とおませな返事でした。私が唄いながら孫と踊る趣向は大受けで、客席は大笑いと大拍手をいただきました。孫娘は五年生（？）でワルツは初めてです。当日の朝、ボックス・ステップを数回練習しただけでした。

All the world's a stage,
And all the men and women merely players.
by William Shakespeare

天使の笑顔母の自覚を呼び起こす

この世に生を受けて間がない赤ん坊が、眠っているのにニコーと笑みを浮かべます。面白いこと、可笑しいことを知らないのにニコー。あどけないあの笑顔を見ると、どんなに悲しいことが有ろうと、思わず指で頬をつつきます。そして「いい夢を見たの、良かったねー」と口に出ます。その顔もまた、純真無垢な微笑みを浮かべています。どちらも天使です。

強心臓 実は電池で動いてる

友と久しぶりに会食をしました。すべてお任せで彼が仕切ってくれましたが、他の友が「昔の君は内気で勉強ばかりだったが」と笑うと、彼は「実は、去年ペースメーカーをいれたの。俺の心臓は電池で動いてるから強くなった」と大笑い。

All the world's a stage,
And all the men and women merely players.
by William Shakespeare

タブー視の中に隠されてる真理

先輩から「あの方の前では絶対に子供の話タブーだ」と忠告されました。暫くして先方から「君のお子さんは幾つだ」「来年から一年生です」「そうか、うちも一年だな、中学の」そんな話から、小児ガンで亡くされ、存命なら来年中一になる筈との事でした。以後は気楽に子供の話ができました。

日本史に明治維新という栞

「維新」とは、世の中が改まり、すべてが新しくなることです。「詩経」に基づく語で「維《こ》れ新たなり」の意があります。ところが英語では、Restoration で回復とか復古の意味の語を充てます。明治維新は、王政復古ばかりでなく、革命の意味も含めて「維新」としたのです。　流石、文字の国！

All the world's a stage,
And all the men and women merely players.
by William Shakespeare

ホスピスの窓には誘うような星

ホスピスに身体を横たえている人は、自分に死が近いことを意識しています。その窓から眺められる星は、患者にはどのような感慨を持たせているのだろう。訊くことを憚られるが、「意識したこともないよ」と逆に笑われました。

給湯室左遷の理由まで洩れる

以前は、会議室の隣に湯沸し室が設けられ、お茶の準備などをしました。会議などの参加者にお茶を配って回る間に聞こえてくる話し声から、今日の議題、今の話題を耳にします。それが、給湯室のお喋りに繋がります。どうでもいい話から、トップシークレットまで。

All the world's a stage,
And all the men and women merely players.
by William Shakespeare

人間が神をお守りする不思議

本来は、神仏がヒトを守っています。人間は、そのお礼やら感謝で神仏を祀るようになりましたが、いろいろな道具を使いますが、だんだん大袈裟になり「私が一番お祀りしています」とＰＲするので、着るもの、場所、建物等に物を言わせるようになりました。人間が神仏を「お守り」するなんて不遜です。

どの兵も守りたかったのは家族

既存の兵だけで不足になると、国民の中から臨時の兵を徴収します。徴兵の仕方は国により異なりますが、その対象は一般国民です。自分から志願する訳ではなく、法により逃れられません。家族の為に仕方なく応召するのです。

All the world's a stage,
And all the men and women merely players.
by William Shakespeare

国債の利払いにまた新起債

国債の発行残高を人口で割ると、国民一人当たり約一千万円になります。国債とは国の借金ではないのです。国民の借金なのです。国が勝手に、国民に借金を負わせて政治を行っているのです。「国民の為に」という大義名分で！　国の財政破綻が起きると、国民の財産で相殺されますぞ！

ゼロ五つ並ぶと指を折る数字

最近は、一〇〇円ショップがあり、消費税も十％ですから、ほとんど暗算で用が足ります。０が五つも並ぶのは、金融機関くらいしかないのではないでしょうか。人口一億二千万人に十万円ずつ支給すると、必要資金は十二兆円です。指がどれだけあっても足りません。

All the world's a stage,
And all the men and women merely players.
by William Shakespeare

美しいアーチが描けるミサイルも

地球の重力圏内にある間は、まっすぐ飛ばしても必ず落ちてきます。その形を放物線と言います。重力圏を飛び出すと人工衛星になります。そんなことを計算して、人工衛星を発射させることは、数学嫌いの私にはどえらい凄いことだと感心してしまいます。その小さいのが（簡単なのが？）ミサイルらしいですよ！

地獄絵の中で再生する緑

台風、地震、山崩れと大災害を引き起こし、まさに地獄絵の様相を見せつけます。そんな中でポツンと芽を吹く雑草や、木の葉の緑は、本当に生きていることを感づかせる、救世主の役割を果たしてくれます。私は、緑が大好きです。

All the world's a stage,
And all the men and women merely players.
by William Shakespeare

あれもこれも一票で問う民主主義

市会議員の選挙ならば、候補者の人柄を観て投票できます。しかし、県会や国会議員だと一党で複数の候補者があることは先ずありません。従って、どうしても政党で投票することになります。すると、政党のトップが総理大臣となり、行政のトップを担うことになってしまいます。

人間は不遜神域まで狭め

ガリレオが地動説を唱え、正教会から破門されましたが四百年も経ってからそれを取り消されました。科学の領域はどんどん拡がり、ついには、新しい生物まで作り始めました。神の存在を云云するつもりはありませんが、「出しゃばりな二本足奴！」と睨んでおられるような気がします。

All the world's a stage,
And all the men and women merely players.
by William Shakespeare

ホスピスの窓に意外と笑い声

ホスピスという性質上、快癒を目指す治療はないが、苦痛を軽減し、精神的な悟りを促す療法は行われます。その結果、意外と明るい声が漏れるそうです。そういえば、私の友人で癌で入退院があり、ホスピスを選んだ人がありました。ところが退院してきました。医者が首を傾げていたそうです。でも、その後二年ほどで他界しました。

面接官同じ訛で語り掛け

履歴書から同郷だと判ったのでしょう。最初に郷の話から始まり、次からは訛で話し始めました。学生は緊張が弛んで助かったそうです。でも帰りがけに「二次の面接は私ではないんですよ」とアドバイスがあったそうです。

All the world's a stage,
And all the men and women merely players.
by William Shakespeare

被爆と被曝　国が区別をしてみせる

辞書を開くと隣に並んでいます。定義を読んで納得はしますが完全ではありません。これは、私の認識が狭すぎるせいでしょう。でもやっと区別がつきました。「爆」は故意に爆発させた結果、「曝」はうっかり爆発させた結果でした。

進駐軍のお陰と説いた戦後処理

昭和十六年生まれの私は、当然、鬼畜米英という詞は知りません。敗戦で韓国から引き揚げてきたことは、点点とかすかな記憶がありますが、一番強烈な記憶は「引揚の子」と苛められたくらいです。近所の苛めっ子の顔は今でも憶えています。学校では、DDTと粉ミルクで、これは進駐軍のお陰と教えられ「頂きます」と唱えてから飲みました。

All the world's a stage,
And all the men and women merely players.
by William Shakespeare

赤子抱く貌はおんなじヒトとサル

児持ちの雌は、特別な性ホルモンが出るそうです。母性本能を擽《くすぐ》るホルモン、児を守るため相手を威嚇する攻撃ホルモンで、授乳期間中出るようです。これは、マウスの研究ですがヒトも同じで、娘と孫の小さい時代を思いだし納得しました。

集まるから集《つど》うに変わる避難場所

災害などで避難場所に集まり、何日かを共に過ごしますが、固い床に毛布を敷いただけの雑魚寝は、一日二日で息苦しくなります。炊き出しや、片付けに出る人もありますが、殆どが座ったきりです。しかし、二、三日経つと、隣の人と話をしたりして、少しでも場が和むように気遣いをするようになり、新しいコロニー形成がはじまります。

All the world's a stage,
And all the men and women merely players.
by William Shakespeare

十キロから五キロに替えた米袋

以前にギックリ腰を患ってからは、何事にも用心をするようになりました。それなりに筋肉運動を続け調子はいいのですが、スーパーで米袋を取って違和感を持ちました。それ以来、持ち上げ方、運び方、歩き方まで注意をするようになりました。

昔は、三十キロの原料袋も持てたのですが！

プライドが邪魔も助けもする余生

誇り高さはどのように熟成されるのでしょう。本来は「事」であって、人格とは別物だと思います。人はそれを、自分の人格と勘違いするようです。ある老人介護施設で、手に負えない患者に、丁寧に「これから会議だそうです」と伝えると、「ウン、判った」と、おとなしく部屋に戻るそうです。

All the world's a stage,
And all the men and women merely players.
by William Shakespeare

抱卵の母性は捨てたホトトギス

鳥は、卵を自分の体温で温め、孵化させて自分の雛を得ます。雛が内から殻を割ろうとすると、親が外から割れやすく突つく、と母性を発揮します。しかしホトトギスは鶯など他の野鳥の巣に卵を産みっ放しにします。後は巣の持ち主が、自分の卵と同じように抱卵し孵化させます。すると、殻を破って誕生したホトトギスの雛は、他の卵を巣の外に落としてしまいます。親はその雛を自分の子と思って餌を運び育てるのです。

托卵という仕組みですが、ホトトギスは何故母性をなくしたのでしょう。他に、キツツキにも托卵の習性があるそうです。すべてでなく地域性があるようです。ここ数十年でそんな習性を持ったそうですが、これって進化ですか？

All the world's a stage,
And all the men and women merely players.
by William Shakespeare

お遍路で精算できる程の過去

リタイアした人等が、八十八ヵ所巡りをします。わざわざ遍路用の装束まで揃え、剛杖を持ち、よく見ると、さすがに履物は草履ではなくズック靴が多いです。元都知事の遍路旅も新聞に出ていました。私の友人も出かけた人がいます。一体目的は何でしょう。許しを請わねばならない疾《やま》しいことがあるのか、とも思いますが、巡礼で精算できる程度のことなら喜捨で済ませたら？　要らぬお世話か。

悪人を揶ってこその仏の掌

「善人の面往生を遂ぐ　いわんや、悪人をや」が仏教の本領であると、親鸞聖人の言葉があります。なんとなく、死刑の直前の教誨師の言葉のような響きです。

All the world's a stage,
And all the men and women merely players.
by William Shakespeare

まだ半分あると笑って振る徳利

酒飲みには二通りの人種が居るようです。句のように「まだ半分ある」と笑うのと、「もう半分しかない」と口を尖らすのと。私はどうやら後の方らしく、子供も時から、まず宿題をやってから、でした。夏休みの宿題は、最初の一週間でやってしまい、後は自由に絵と工作でした。

「エッ老後資金て二千万も要るの！　半分どころじゃないぞ！」

四歳の耳に引揚船の銅鑼

戦争の記憶は何もありませんが、敗けて引揚げてくるときの船の銅鑼の音は今も頭にあります。それから船内で、復員の兵隊から乾パンの袋に入っている金平糖を貰って歩いたことも記憶にあります。

All the world's a stage,
And all the men and women merely players.
by William Shakespeare

キリストの生誕の地が二か所ある

イスラエルへ旅行した知人から聞きました。「ベツレヘムにキリスト誕生の地が二か所あった」と。驚くことはありません。聖徳太子だって厩《うまや》と他にもあるらしいです。そう言えば落語で聴きました。「・・・・頼朝公八歳の御時の髑髏《されこうべ》はこちら・・・」と。落語の方はお嗤いだが、有名人や、有名事は、二つ、三つあるのはご愛敬です。観光収入です。

キラキラが濁るといやらしい目つき

少年の瞳がキラキラ輝くのは、清清しく気持ちが晴れます。裸足でサッカーをしている子、一時間かけて水を汲みに行く子、聖歌隊で歌う子、皆瞳が澄んでいます。それがある程度齢を重ね、濁点が付く「ギラギラ」になると、欲が深く漁色的で抜け目がなさそうでお付合いを遠慮したくなります。

All the world's a stage,
And all the men and women merely players.
by William Shakespeare

今百と思えば悔いのない余命

長生きをしたいという年寄りは多いです。私は、「平均寿命過ぎればあとは儲け」と思っています。新聞に「健康寿命」という言葉が載っていました。それによると、男は七十三歳です。「オッ俺は死んでもエエ齢や」と、妻に新聞を渡しました。

偶然の機《はた》　人生の綾を織る

ヒトの世界は、計画や計算で成ることは僅かで、九十%は偶然です。どんな糸が横糸になるのか判りませんよ。

午後の回診女ですもの身繕い

妣《はは》が入院していたころのことです。眼科でしたから、術後は口も達者でした。回診は若い医師でした。いつも、髪を梳き、歯を磨き、着るものを整えていました。

All the world's a stage,
And all the men and women merely players.
by William Shakespeare

百人の諭吉パチンと〆られる

銀行に新入行員として出社しました。新入生の仕事は客溜まりの整理整頓と先輩の机の掃除だけでした。客溜まりは今朝の新聞の綴込みですが、早く出社すると三紙が全部読めました（今も三紙購読しています）。机の掃除はペン先の付け替え（当時、ボールペンはありません）、インキの補充、朱肉の練り込み、スタンプ台拭き、ごみ箱整理。朝礼が始まる前に終えます。

後は出納係から百万円借りて札勘定の練習です。送り型、扇型です。十日位はこればかりでした。受付係が最後に札を鳴らすのは伊達ではありません。確認なのです。

数字の練習は、手本のとおりで、六度くらい傾けて元帳の行の半分の高さに書きなさいでした。六十年経った今もきれいな数字がかけます。

All the world's a stage,
And all the men and women merely players.
by William Shakespeare

この時期に尖閣を買う浅い知恵

沖縄県八重山諸島の北方一六〇㎞に存在する小島群で、無人島です。中国も領土権を主張しています。中国の主張に対抗する手段として国有の所有権登記をしました。中国との間を一歩離したつもりだけだと思います。また、群島の住所表示の変更がありました。地方自治の問題にすり替えるべきではないと思います。

半人前の議員も挙手は一になる

比例代表制を導入してから、タレント候補の存在感は高くなりました。一般大衆に名を知られているタレントを議員に仕立て、一票にカウントする姑息な合法性を持っています。勿論、タレントの中には政治的センス抜群の方も居られますが、話に乗ってきません。

All the world's a stage,
And all the men and women merely players.
by William Shakespeare

ヒトラーも初は選挙で選ばれた

一九一九年にドイツ労働者党に入党。ミュンヘン一揆に失敗して入獄。出獄後も合法活動により党勢拡張し一九三三年首相に、翌年大統領兼総統に就任し独裁政治を敷きました。ゲルマン民族優越性と、反ユダヤ主義で近隣諸国に侵略し、第二次世界大戦を引き起こしましたが、元は選挙で選ばれました。衆愚政治の最たる見本の一つです。

膏肓《こうこう》に入った虫が出てくれぬ

古代中国の普の皇帝景公の夢で、病魔が、名医が来ることを知り、肓の上と膏の下に隠れました。名医はこれを見抜きましたが、ここに入ってしまうと、手の下し様がないと言い、景公は逝去しました。このことから容易に治らない病気などに言いますが、現在では趣味やら、状況にも使います。

All the world's a stage,
And all the men and women merely players.
by William Shakespeare

脱け殻もまだしっかりと自己主張

蝉は地中に長く生き、脱皮して一週間くらいしか生きられません。幾度か脱皮の様子を観ましたが、気味が悪くなるほど見事でした。目玉迄脱皮します。脱け殻はしがみ付いたままですが、まだ生きていると言わぬばかりに存在感があります。

地下で生き憂き世では哭く蝉の生

都合の良い台風神風と呼ばれ

元寇（文永・弘安の役）で、たまたま吹いた台風で、日本は国難を免れました。以来、都合の良い台風を神風と言い、風でなくとも都合の良い事象を「神風が吹く」といいます。太平洋戦争では、神風は吹きませんでしたが、国民はそれを望んでいました。敗けたことが神風だったのかも。

All the world's a stage,
And all the men and women merely players.
by William Shakespeare

脱線してからが佳境の名講義

先生の中に名物が居ました。世界史の授業でしたが、教科書がちっとも進みません。特に中国史では、西遊記や三国志演義の話に夢中でした（先生が）。然し、期末試験では、〜ページまでと指定されれ、それから懸命に教科書を読みました。おかげで、中国故事・諺の類は今もって役に立っています。今は亡き稲川誠一先生には感謝しております。

心中に歪んだ地平線を持つ

日本語では、地平線、水平線の二つを微妙に使い分けています。然し英語では「Horizon」一語です。句では、真っすぐではない心の歪みや願望を表したつもりですが、水平線では、何となくすっきりしません。

All the world's a stage,
And all the men and women merely players.
by William Shakespeare

試用期間と笑って受けたトップの座

創業者が病に倒れ入院し、私が見舞った折りに気が弱くなったのか「社長を継いでくれ」と要請されました。小なりと言えども上場している企業なので、トップの心労は判っているつもりです。「試用期間付きなら」と受けました。そして五期を務め「試用期間終了」と伝え、退きました。

炯《けい》眼《がん》に老眼鏡が欲しくなる

仏像や神像には、眼が三つ描かれたり、彫られたりしたものがあります。その、額の真中にあるのが炯眼で、物事を見通す役目を持った眼です。ヒトや動物は目が二つしかありませんから見通すことはできない、という訳です。要するに、キャリアの積み重ねである程度は見通しが利くようにはなりますが、齢を重ねて、こちらにも老眼鏡が欲しくなりました。

All the world's a stage,
And all the men and women merely players.
by William Shakespeare

軍国主義横糸のない組織表

少なくとも日本の軍隊は、命令の系統ばかりで、横糸は作戦本部くらいではないでしょうか。いや、それすら怪しかったようで、陸軍参謀本部と山東軍の指令の乱れなどを見ると、これで兵隊を動かしたのかと、暗然となります。

飛翔後は振り返らない渡り鳥

渡り鳥の研究者に訊いたことがあります。彼が言うには「飛行機が後ろを向いたら堕ちるヨ」でした。首の長い鳥は受ける風圧も大きく、首を曲げられません。流線型でないと飛翔できないらしいです。途中で落伍はしないのかどうかは「日本に渡ってきた中には、落伍した鳥は居ません」と。

確かにそうだよな！　目的地に着いたのだから。

All the world's a stage,
And all the men and women merely players.
by William Shakespeare

会ったヒトすべてを食った 実になった

人は、誰もがヒトを食って生きています。そのヒトの知識や知恵を自分なりに消化して、あたかも、自分自身で会得したような顔をして生きてきました。

日いずる国の意識がまだ消えぬ

飛鳥時代、聖徳太子から隋の国の煬帝に宛てた書簡を遣隋使が持参しました。「日出處天子致書日没處天子無恙・・・・・・」煬帝は、東の野蛮な国からの親書を無視せよと言ったとか。以来、今日に至るまで日本の大陸軽視は変わりないようです。日付変更線の設定はずっと後のことですが、極東とは、こういう位置づけになるのでしょうか？

（日出ずる処の天子、書を日没する処の天子に致す　恙なきや・・・）私でもムッしますよ、この出だしは。

All the world's a stage,
And all the men and women merely players.
by William Shakespeare

聖戦と信じ込ませたのは国家

ジハードは、イスラムの世界では信仰のための戦いで、宗教的な迫害や妨害に対して武力行使をすることです。イスラムでなくとも、戦争は必ず、正当な理由を用意します。でなければ国家間の戦争などありえません。何か奇妙な論ですが、そうでないと民が納得するはずがありませんから。

領土問題存在せぬという甘さ

中国、韓国とも領土問題は存在しない、自国の領土と言っています。日本も同じです。そして、監視船を出したり、飛行機を飛ばしたりと相手を牽制しあっています。現に紛争を起こしているのです。「問題は存在せぬ」ではなく、双方が利用できるようにすべきです。漁業権と、海底の地下資源が目的なら、尚更、現実的になるべきです。

All the world's a stage,
And all the men and women merely players.
by William Shakespeare

手遅れです我慢強さが致命傷

「どうしてもっと早く来なかったの？」皆が医者から言われた言葉です。「自覚症状が有ったらすぐ来なきゃ」とも。

私の友人、知人で、十指で足らない数が早逝していますが、彼が胃の調子が悪いと会社を休んだのが十日ほどでした。然し、出社して数日でまた休みました。今度は膵臓も悪い数値だと言われたとのことでした。これも十日ほどで出てきましたが、しきりに耳の下に手をやります。訊いてみると、痛いと言います。私が触ってみると、グリグリしていました。私は「すぐ市民病院へ行け」とその場で帰しました。前に知人で経験があったからです。

その後、彼に逢ったのは、二十日程後の彼のお通夜でした。あの日、帰宅時、駐車場で倒れたようです。救急車で搬送されましたが、癌の転位が原因でした。四十代半ばでした。

All the world's a stage,
And all the men and women merely players.
by William Shakespeare

洗うとこ見ていてほしい園児の手

「手を洗いましょう」と指示を出して、一番丁寧に手を洗うのは園児たちです。小学生になるとかなり雑になり、中学生は濡らすだけになります。でも、園児は手洗い場で、大きな声で「上手に洗えるねー」と誉めてやると、他の園児までキチンと手を洗います。

近頃の赤子はパーのまま眠る

私の認識では、赤ん坊は眠っている時はグーをしているものでした。医者からは、「身を護る本能から」だと教えられていました。ところが、最近の赤ん坊は、パーで眠っている子が多くいます。もちろん、グーの児も多いのですが。自分の子や孫がどちらであったかは、記憶にありません。

All the world's a stage,
And all the men and women merely players.
by William Shakespeare

三権を識らぬ立法府が吠える

モンテスキューが三権の分立を、著「法の精神」で提唱しました。司法、立法、行政の分権独立の理論ですが、ともすれば最高実力者という立場は、三権の長であるという錯覚を起こすものらしいです。行政のトップの座にある者が、三権分立を識らない訳がありません。ということは、自分の政略の為に上手く使おうとし、そのために吠えるのです。

潔さばかり演出する知覧

鹿児島県知覧町の特攻隊資料館へ行きました。飾り方等は事実を伝えているのでしょうが、潔さばかりが美化されていると感じました。また、他の観覧者の感想も同じでした。生き残った特攻兵（故障などで引き返した）のその後の収監状況、上官たちのその後なども事実を展示すべきと思いました。

All the world's a stage,
And all the men and women merely players.
by William Shakespeare

留学生を除くとされた髪の色

もちろんすべての学校ではありませんが、校則で「髪は黒」と定めた項目があるそうです。そのため、ホームステイなどで交流する生徒が困ってしまうケースがあるそうです。そうしたら学校は「留学生は除く」と付記したそうです。その場凌ぎの付記の方が妙だとは気づかないのでしょうか。

本当の横綱　背に見せる品位

相撲の強さは、個人が持つものです。然しその品格は、部屋即ち親方が醸し出す品格だと思います。親方の現役最高位が小結であれ、関脇であれ、また大関であれ、横綱であれ、現在の親方の品格とは関係がないと思います。品格のある親方は、部屋の運営から、弟子の教育に至るまで信念を持ち、周りもその背中を鏡にしている筈です。でないと、協会理事長として天覧相撲で解説などできません。

All the world's a stage,
And all the men and women merely players.
by William Shakespeare

デフォルトの準備着々背番号

国民の側から見ると、その背番号は一人一人の資産を窺っているとしか思えません。来るべきデフォルトに際し抜け駆けはさせないゾ、と言われているように感じます。行政手続きの簡素化にも、少しは役立つでしょうが。

味付けはお好きに　ヒトを食う話

作家、脚本家という仕事は、人間を作り上げることに長けています。ただし、歴史上の人物か、架空の人物が対象です。生きている人物を料理することは難しいと思います。何せ、固い人は柔らかく、辛い人は少少甘めにしなければなりません。インタビューをすれば、てき面に料理人の能力が判ってしまいます。阿川佐和子さんは料理上手！

All the world's a stage,
And all the men and women merely players.
by William Shakespeare

赤字国債政治も民も甘えすぎ

国家の収入は、国民や企業からの税収がほとんどです。日本という国は、その収入の倍近い年間の支出予算を組んでいます。一般家庭が収入の倍の支出をしたら、即、破綻を来すのに、国家の場合は何故破綻しないのでしょう。それは、国債を発行して、国民や、銀行（日銀を含む）などに買わせてきたからです。注意するのは、日銀はお札を発行できる銀行ですよ。国債には期限と利息がセットです。その利息の支払いに迄国債を発行して、資金不足を補っているのです。そのような遣り繰りが続けられる訳がありません。行き着く先はデフォルトと言って破綻です。そうなると、国民の預金や金融資産などは凍結されます。

　現在の国民の金融資産の総額は、国債や地方債を合計した額に相当するそうです。

All the world's a stage,
And all the men and women merely players.
by William Shakespeare

世界一の憲法だよと子に伝え

私には四人の孫がいます。中学生の頃に、それぞれに憲法の話をしています。四人とも学校で憲法の授業は受けていますが、通り一遍の国語の授業のようなものらしいです。戦争の放棄についても、いま日本は戦争をしていない、程度の認識です。学校ではどれほど掘り下げた授業をしているのだろうか。まさか、正当防衛は別です等と教えてはいないと思いますが。

百年先読む憲法は綺麗ごと

炯眼の保持者が百名集まったとしても、百年先を見通すことは難しいことです。我が国の憲法がこれまで、一度も改憲が無いということは、その中には理想的な事だけが記してあるということでしょう。戦争の放棄は、その一つだと思います。なれば尚更、改憲してはならないと思います。

All the world's a stage,
And all the men and women merely players.
by William Shakespeare

ドヤの住人必ず一人ルカが居る

最近は、ドヤという詞を聞かなくなりました。昔は、東京の山谷、大阪の釜ヶ崎を始め各地にドヤ街といわれる地域がありました。「宿」の隠語で、簡易旅館（安価な宿泊施設）が多くあり、その日暮らしの労働者らが多く暮らしていました。そんな中には、どういう訳か、物知り顔の住人が何人かいて、日日を共に暮らしていたものです。実際に高学歴の人などもいたようです。自称、大企業の部長だったとか、大学の先生だったとか、古里には立派な屋敷があるとか、過去をそれとなく美化する人も居たらしいです。

「ルカ」とは、ロシアの文豪マキシム・ゴーリキー作の戯曲「どん底」の登場人物で、ドヤの住人にいろいろと示唆だけを与え、自分は何もしない放浪のインテリゲンチャです。劇団に関係した者として演じてみたい役の一つでした。機会はありませんでした。

All the world's a stage,
And all the men and women merely players.
by William Shakespeare

余命表の最後に記してある出口

私の余命表は、後どれほどの年数になっているのかは知りませんが、日本人の平均寿命から見ると残りは数行の筈です。「出口」と書いてあるのか、または「入口」と書いてあるのか。私の場合は多分「幕」と書いてあると思います。

風雪に耐えた石垣こそ歴史

名古屋城を焼失前の姿に復元しようとしています。身障者の人達が、エレベーター施設の設置をするよう申し入れをしました。清正の頃にはそういう道具はなかったから、と市側は拒否して揉めています。私は、元どうりに復元すること自体が間違いであり、ナンセンスだと思います。今の技術からすればＣＧで復元できるから、それで十分ではないでしょうか。木工技術を残す方法も他にありそうです。

All the world's a stage,
And all the men and women merely players.
by William Shakespeare

金婚式　嘘もホントの愛となる

結婚したことで、本当の愛があったと証拠づけるのは難しいですが、それで五十年も経過しているのは、愛の証だと思います。私たち夫婦も五十年はとうに過ぎました。

遺産登録記念に噴火したい富士

世界自然遺産として、富士山が登録されました。典型的なコニーデ式火山の特徴を持つ形は、美しい円錐形で、どの方向から眺めても同じように見えます。宝永に噴火して以来鳴りを潜めていますす。ソロソロと思っているのでは？

神さまはサディストらしいこの災禍

世界中で災害が起こっています。地震、風水害、火山、バッタなどなど。神はサドか、それとも地球がマゾか！

All the world's a stage,
And all the men and women merely players.
by William Shakespeare

政府発表鵜呑みにしない回路持つ

最近はＩＴ技術が発達し、情報の方が飛び交うようになりました。だから国民は、政府の発表を鵜呑みにはしないと思います。寧ろ、色眼鏡をかけて眺めるのではないでしょうか。大本営発表への不信感は後期高齢者だけでなく、遺伝子となって受け継がれていると思います。

園遊会の陛下は微笑みが会話

園遊会が開催されますと、陛下が参加者に声をかけておられる様子が画面に流れます。お二人ともにこやかに微笑んでおられますが、顔を知らない参加者がほとんどであろうにも拘らず、事前に名簿に眼を通しておられるのか、随伴の方がその場で耳打ちをされるのか、それとも参加者が自己紹介をしているのか、いずれにしても大変です。

All the world's a stage,
And all the men and women merely players.
by William Shakespeare

胸に潜む白蛇が綴る人生譜

少年期に、自宅近所の噴井で逢った白化の蛇の美しさを、六十五年以上経った今も胸に抱いています。その姿・形を忘れないから、私自身の「お守り」としています。阿弥陀如来、天照大神、キリスト、アラー、他といった信仰の対象にも、信仰心を持たない私が、ご近所の白蛇を「お守り」にするのも可笑しな話ですが、自分自身を戒める意味での敬いの対象なのです。日本には八百萬の神がおられるから、お一人くらい物好きが居てもいいかと思っていたら、今年（令和二年）四月八日の日経新聞文化欄に山口県岩国市に白蛇が多い地域があり、お祀りする白蛇神社という祠があるとの記事が記載されていました。私が逢った白蛇は、その神社の営業担当かもしれない。そのおかげかどうかは知りませんが、私の周りは幸せ一杯だと思っています。

All the world's a stage,
And all the men and women merely players.
by William Shakespeare

バックする鰭は持たない魚たち

今更こんなことを言うのが可笑しいのかもしれませんが、魚という生き物はバックをしません。蟹や蝦は、横歩きや後退りはしますが、魚ではありません。川を遡る鮭が後ろへ行くのは観たことがありますが、流れが強いため、前向きのまま押されただけだと思います。この齢で、子供電話相談に訊くのもなあー。

薬膳料理　わが家とあまり大差ない

どういう名のお寺か記憶はありませんが、薬膳料理を食べに行きました。健康増進、病気の予防、延寿などの言葉が並べられましたが、成程という味はしませんでした。家で食べる妻の晩飯とあまり差はありません。わが家は、肉、魚の類はあまり食卓には上りません。違いは枸杞の実位？

All the world's a stage,
And all the men and women merely players.
by William Shakespeare

年金になって見つけた青い鳥

年金の受給年齢になってすぐに、勤め先をリタイヤしました。それ以後は職業的な収入はありませんので、ほぼ年金で暮らしている筈です。私は仕事に就いてこの方、賄い、家計に口を出したことはないので、毎月どれほどの支出があるのかも知りませんが、妻の方も悲愴な貌をしてるわけではないので、なんとかやっていけるのでしょう。この辺りが我が家の青い鳥かな？

植木屋とカイニョ相互に育まれ

富山県西部の砺波平野には、古くからの屋敷が多く、その庭は手入れされた屋敷林が維持されています。それを垣入（カイニュ・カイニョ）と呼び、決まった植木職がその手入れを代々引継いでいるのが一般的です。同地ではカイニョを見て嫁を貰えと言われるほど、格式的な風格を保っています。

All the world's a stage,
And all the men and women merely players.
by William Shakespeare

ヒトだけが神と悪魔を使い分け

人間はどういう成り行きか、言い訳をする能力を持ってこの世に出現しました。言い訳は、良いことも、悪いことも、自分に都合よく説明する能力で、反論の余地が無いように、神仏や悪魔などを登場させます。その典型が王権神授説であり、魔女狩り、悪魔祓い、生贄の儀式です。

悪魔の辞典 読んで嗤っている悪魔

アンブローズ・ビアスは米国の作家です。彼の著「悪魔の辞典」は、事柄を正面からではなく、裏面から観た辞典です。

例

忠告〈Advice〉 流通貨幣で最低価額のもの。

老年〈Age〉 昔のように悪いことができなくなり、人の悪徳を非難し始める時期。その癖「儂も若い頃は悪じゃった」とよくいう。

All the world's a stage,
And all the men and women merely players.
by William Shakespeare

子のスマホ覗き苦労の種が増え

置き忘れの子のスマホを覗き見してしまうのも親心です。が、その内容もまた親としては悩ましいもので、子に何と言ったらいいのか、と迷うことが多いと思います。そう悩まず一般的なことから誘導することをお奨めします。

国会より品位が高い生徒会

国会での議事がＮＨＫで放送・放映されます。質問をし、それに対して担当が答える形式が多いのですが、話の内容を聞いていると、共に相手を否定したり、また、聴いている国民を馬鹿にしているとしか思えない内容が多くあります。私達はこんな人たちのために税金を払っているのかと考えてしまいます。学校の児童会、生徒会の方が余程、品位の有る内容と思ってしまいます。

All the world's a stage,
And all the men and women merely players.
by William Shakespeare

会話からこぼれる機知の人生譜

インタビュー番組等を視ていると、見事な会話内容の人が出てきます。記者の勉強不足が目立って見苦しいゾ、と思う時があります。その人の生き様を勝手に想像しては、頷いている自分が恥ずかしくなったり、反省させられる時がよくあります。

九条を制度疲労という乱視

現在の憲法も、制定後七十年ほど経過しています。世界の産業を始め、軍事、教育、福祉などが変化、進化するのは当たり前です。そんな中で、軍事関係だけを取り上げることの方が不自然です。九条は、制度疲労のない理想が謳われています。むしろ、他国へ呼びかけるべき内容だと思います。

All the world's a stage,
And all the men and women merely players.
by William Shakespeare

「何に遣う」以外文句はない女房

「いちいち訊くな！　だまってだしてよ」といいたいところですが、何せ、年金以外に収入がない身です。仕方がありません。「あちらの店の方が安い」「こちらの方がポイントが付く」などと遣り繰りしているのを見ていますから、こちらも小さな声で、オズオズとおねだりします。

戦後史の副読本にサザエさん

昭和二十一年福岡県の「夕刊フクニチ」紙上で「サザエさん」の掲載が始まりました、以来七十四年間、媒体は変わりましたがサザエさんは紙上に、電波に登場しています。その間の話題、事件、流行を取り込みながら。でも当時と今では、ヘアスタイル以外登場人物の風貌がまるきり変わりましたね。アニメの世となっても俄然人気を保っています。

All the world's a stage,
And all the men and women merely players.
by William Shakespeare

凶悪犯はほとんど塀の外に居る

内側に居るのはすでに捕らえられた人ばかりの筈です。よく駅などで見かけるお尋ね者のチラシですが、あれはごく一部です。本当の凶悪犯は、あなたのお隣にいる人かもしれません。

棺の人と過ぎしページを繰る一夜

本来の通夜は、柩の横で思い出などを語り明かしたものです。最近は、儀礼的に扱われるようになりました。私は、葬儀の方が儀礼で、通夜には、縁に礼を言うために出ます。

大和魂ある種の原理主義らしい

日本民族固有の精神。勇猛で潔いことを特徴とします。近世以降、国粋主義的思想の元で盛んに使われるようになり、特攻精神の裏付け的な意味合いになりました。

All the world's a stage,
And all the men and women merely players.
by William Shakespeare

点滴の管が無聊を焚きつける

点滴を受けたことがあります。風邪のため発熱して、一時間ほど繋がれました。手帳もペンも無しに、その場を離れられないのは苦痛でした。壁の染みをなぞり、仕切りカーテンの模様を辿りなんとか時間を凌ぎましたが、これがもっとひどかったらと思うとゾッとします。

産土の土偶 女を主張する

埴輪として出土する土偶は、そのほとんどが女性像であり、たまに兵士の像が出てきます。女性の土偶は、胸乳やお尻が強調されていますが、産み育てることを表したものだからだそうです。農夫がないのは何故かと思いましたが、思い至りました。昔は、農夫＝兵士だったので、出土は兵士の方なのでしょう。私なら、兵士より農夫を埴輪にしたでしょう。

All the world's a stage,
And all the men and women merely players.
by William Shakespeare

イグノーベルの方が正鵠《せいこく》 第九条

「紛争を解決する手段としての武力の行使は、永久にこれを放棄する。その目的のために陸海空軍その他の戦力はこれを保持しない」と謳った憲法は、世界に類がありません。どの国も理想としながらなしえない国是です。それを日本は成しえました。これはノーベル賞に値すると思います。然し自衛隊という軍隊があります。正当防衛は別という解釈です。だから、クスッと笑ってイグノーベル賞に推薦します。

この齢でいまだに迷う「役不足」

なんとも難しい詞です。その人の力量に比べて、与えられる役目が軽すぎることをいうのであって、自分のことを「役不足ですが一生懸命務めます」などと、自分の力不足、力量の不足の意味で使うのは誤りだそうです。広辞苑を引いてみましたが、すぐ忘れてしまう表現でした。

All the world's a stage,
And all the men and women merely players.
by William Shakespeare

ユーモアで綴るも美学暗い過去

自分では、さほど暗い人生だとは思っていませんが、他人様にはそのように映るらしいです。両親は、大学進学を諦めさせたが故に、劇団活動に走り、挙句の果てには、銀行を途中で放り出して、芝居仲間の企業へ行ってしまったと、死ぬ間際まで思っていたらしい。私自身は、それら全てが、人生にプラスに連鎖してきたと思っています。もちろん今も！

ヒトだけに大笑・微笑・苦笑の差

動物の中で、笑う機能を備えたのはヒトだけだと思います。猿や馬は笑ったように見えることがある程度です。然しヒトの方は、いろいろな種類の笑みを使い分けられます。時に演技上の笑いまであります。

文字までも、笑い！　嘲い！　嗤い！　そして咲い！

All the world's a stage,
And all the men and women merely players.
by William Shakespeare

磯野家は皆ケータイが似合わない

サザエさんに登場する人達で、ケータイの類を持っているのを観たことがありません。今の時代設定の場面もです。あの顔立ちとケータイ、スマホが合わない？　そういえば、電化製品もひとところのメーカーのものではない気がします。以前はスポンサーでしたから、その気遣いがあったのかも？

十万億土　光年よりもよく判る

娑婆から極楽浄土に至る間にある、仏国土の数ですが、現在の光年という単位より、余程身近に感じられます。身の周りにある詞で持って表現するからでしょう。他に、小千世界・三千大世界・恒河沙　等々。

All the world's a stage,
And all the men and women merely players.
by William Shakespeare

「戦友」は戦威発揚より情歌

「ここはお国を何百里　離れて遠き満洲の　赤い夕陽に照らされて　友は野末の石の下・・・」軍歌として作詞・作曲されましたが、現場では情歌であると禁止されたそうです。歌詞も暗く、悲しいですね。現在なら、八五歳以上の後期高齢者しか理解できない心境でしょう。

差別する人は神まで差別する

人間の世界には必ず差別があります。その始めが、強弱の差別、男女、人種、宗教（信仰）、階級、貧富等々です。差別する理由を、私は学んだことはありませんが、人間の社会性によるものではないでしょうか。別の言い方をすると、支配欲とでも言いましょうか。自分たちが創り上げた偶像だから、自分たちと同じ優劣観を抱くのでしょう。

All the world's a stage,
And all the men and women merely players.
by William Shakespeare

ホン物も金を送れと言ってくる

電話詐欺は倅を名乗り金を送れと言ってきます。その内容も、手を変え品を変え色々です。これは事件にはなり難いですが、実の倅までが金を送れと言って来ているのでは？　親は頼られると眼を細めて払ってしまいます！　親ばか！

人生も読み易くする句読点

句読点は、文章を読み易くする記号です。従って、理解しやすくする記号でもあります。日本語だけでなく、何語であれ文字表現をする以上、句読点という道具はあると思います。最近は日本語でも横書きが多くなり、英文用の句読点を併用することが増えました。昔の文章は句読点のないものが多いですが、活字のお陰で打つことが増え、作者の心まで理解し易くなりました。でも、人生までは？

All the world's a stage,
And all the men and women merely players.
by William Shakespeare

寺に格 納得されぬ阿弥陀様

単純な疑問です。同じ阿弥陀如来を祀ってあるのに、寺に格があるのは何故でしょう。建立された年代の差、寄進した人の身分の差、宮大工の技術の差、造れと命じたヒトの格、彫った仏師の格、本来は住職の品格の差と思います。

粛々という科白《せりふ》はいつも上目線

謝罪の時、改まったことを言う時、重要な報告などの時、よく使われる「粛々」という形容動詞を私は大嫌いです。言葉の内容の割にワザとらしく、遣っている人の本心ではないような気にさせるからです。どこかしら、聴いている人たちを見下ろしているような響きを感じているのは私だけでしょうか？

All the world's a stage,
And all the men and women merely players.
by William Shakespeare

世の中と一歩の幅が違いすぎ

世の進みに遅れてはならじ、と新聞を三紙も購読し、書籍も読み、と備えてきたつもりです。おかげ様にて世間に遅れることなく経営組織の管理、運営の合理化、システム処理等を順調に(?)進めてきました。ところがこの所のＡＩの進化には随いてゆけません。コロナウイルスにも先を越される始末です。

九条は行間だけが生きている

憲法は、小、中、高校でも教科書に出てきます。ただ学校で習った国語力では、自衛隊という軍隊の理解ができないと思います。私が高卒で就職した時、世間は「安保」で揺れていました。その運動に参加して始めて、自衛隊と軍隊が結びつきました。だが、その後何の変化もありませんが。

All the world's a stage,
And all the men and women merely players.
by William Shakespeare

伝言より噂の方が先回り

転勤を機に銀行を退職することにしました。規則などもあり、二ヶ月ほど転勤先に赴任し、迷惑を掛けたりしましたが、その折、同僚から声を掛けられました。大半が面識のない人ばかりで、「どうして俺の退職を知っているの？」と逆に訊きたいくらいでした。中には、退職させられる、と思っている人もあり、噂とは恐ろしいものだと痛感しました。

戦死者ゼロ　七十年という快挙

わが国では歴史の限り、内乱を含めて十年間、争いがない時代はなかったそうです。江戸時代にも、藩と藩の間の争いは存在しました。明治以降は外国との戦争も含め多くなりました。太平洋戦争以後は七十年間余り戦火はありません。従って戦死もゼロです。でも今後はどうだろう？

All the world's a stage,
And all the men and women merely players.
by William Shakespeare

孫が書く「ののさま」写経だと思う

孫が保育園から帰ってから唄っている。園で習ってきたらしい。「ののののさま仏さま・・・」と。婆ちゃんはすぐ○を教えました。のも○も同じような形ですから孫は唄いながら○を描きます。こうやって、入学前に五十音は書けるようになりました。

伝統が改革という靴を履く

行事にせよ、しきたりにせよ、私達は多くの伝統を受け継いで生活しています。そういう伝統を変革しようとすると強い反発を受け、旧と新の間に凝が残ります。それが厭さに変革を諦めることが多いのですが、「時の流れ」が、なぜか変革を上手く促します。コロナウイルスも、いろいろな変革を促してきました。学校、雇用、行政、医療　ｅｔｃ・・・。

浄土からの光と我慢する西陽

西側を向いたガラス窓が幾つかあります。カーテンやブラインドが付いていますが、それでも陽光が透過します。私は、「浄土からの光よ」と茶化しますが、妻は模様のあるスカートを裁ってカーテンに張り付けました。なかなか格好いいステンドグラス調の陽除けになりました。

獣よりヒト用らしい電気柵

ハイキングで山里の畑などの道を歩くと、畑を囲って柵などが設置してあります。作物はいろいろな種類が栽培されています。屋根が無いのは、鳥の害などは余り無いということだろう。途中出合ったヒトに訊いてみました。「この辺りにも、鹿や熊、猪、猿などが出るんですか？　この柵は」するとその方は「そうだヨ。でもヒトも案外出るヨ」ですと。

All the world's a stage,
And all the men and women merely players.
by William Shakespeare

シルクロード寸断されるテロ地域

シルクロードという響きは、歴史好きには特別の心地よさがあります。正倉院の御物にさえ、シルクロードをはるばる旅をしてきた物があるそうで、その繋がりに親近感さえ覚えますが、その一部が、テロ行為で破壊されているようです。どんな目的かは知りませんが、歴史への反逆行為です！

引越し便 仏壇も乗る神も乗る

とかくご都合主義です。神棚や仏壇を新調するときは「精を入れる」、廃するときは「精を抜く」などと理屈を並べて、ご近所の僧や神主さんの手を煩わせます。妻や娘たちは、そういった手続きを踏まないと納得しません。私がどのように説得しても聞く耳はありません。かといって、熱心に帰依している訳ではないにも拘わらず、です。

All the world's a stage,
And all the men and women merely players.
by William Shakespeare

ど真ん中は赤心　日本人として

日本人は「赤」が好きな民らしい。日の丸は太陽の色と学校で教えます。赤心は「嘘偽りのない心。まごころ」と辞書にも載っています。そうか、だから「赤ん坊」というのか、と思いながら、ふと、こんなものもありました。「赤恥」「赤の他人」「真っ赤な嘘」これらの「赤」は何だろう？

安保法　逆に戦を呼ぶ予感

安保法は、正しくは「日米安全保障条約」ですが、日本とアメリカ間の安全保障？　を取り決めた軍事同盟です。憲法上軍隊を持たない日本が軍事同盟を結ぶというのはどういうこと？　ですが、まぎれもなく軍事的協力をする、すなわち、基地の提供や輜重活動を協力するということです。要は米国の軍事活動の一端を担うということです。

All the world's a stage,
And all the men and women merely players.
by William Shakespeare

爆音もリズムのうちとカチャーシー

沖縄の人達は、集まると踊りだします。三線という三味線形の楽器で賑やかです。琉球王国時代は、武器の所持を禁止され、空手という武技が生み出されました。音楽や舞が奨励され祭り奉行が置かれた位です。日本における米軍基地の八割が沖縄に集中しています。爆音以上に騒いで盛り上げるという心意気です。

肥《こえ》担《た》桶《ご》のバランス競う過去の畑

五・六十年前の話です。岐阜の繁華街「柳ヶ瀬」に「こえたんご」と言う店名のスナックがありました。柳ヶ瀬支店が配属店舗で、得意先のことでもあり客として入りました。タンゴ音楽の店と思っていましたが、その気配が無いので、ママさんに訊くと怪訝な顔が大笑いに変わり、店名の由来を教えてくれました。ママの故郷の言葉で「肥桶」のことでした。 そんなの店名にするか？

All the world's a stage,
And all the men and women merely players.
by William Shakespeare

どの神も罪は帳消し免罪符

どの神様、仏様も教団という組織によって守られています。勿論、神仏そのものはその運営には携わりません。すべて人間です。その最たるものが、教会組織、寺社組織と言われるもので、体制側か反体制側かは別として、必ず国政と結びついています。組織ですから、その運営に資金が必要なことは当然です。そのための仕組みにいろいろ工夫が凝らされ、手始めが、信者組織の活用です。信者や参拝者から喜捨を受けるのもその一例ですが、厄除けの物品の販売もその要素です。その中の一つに「オフダ（お札）」があります。そのほか霊験あらたかと言われる、御朱印などもその類です。句の「免罪符」もその一つで、教会が金集めの為に出した「お札」です。度が過ぎて、マルティン・ルターが宗教改革を起こし、それがルーテル教会で、矢張り、組織化されました。

All the world's a stage,
And all the men and women merely players.
by William Shakespeare

僕の絵が売れたゴッホよりましか

画家のゴッホは、生涯一枚も描いた絵が売れなかったそうです。後世になり、数十億、数百億の値段が付いたと知ったらどんな貌をしたでしょう。ある絵描きさんが「僕の絵はこれまでに二十枚くらい売れているから、ゴッホよりましか」と寂しそうに笑いました。

そのうちに鉄腕アトム量産化

手塚治虫さんの「鉄腕アトム」は昭和二十六年四月から雑誌「少年」で「アトム大使」として始まりました。約七十年昔の話です。その空想ロボットが、部分的には現実化しています。そう遠くないうちに、アトム以上のAIロボットが生まれてきそうです。すでにパーツとしては実用化しています。十万馬力はともかく、アトムは川柳も創れるか？

All the world's a stage,
And all the men and women merely players.
by William Shakespeare

無人機が目指す 積極的平和

無人攻撃機のことです。味方の犠牲さえなければ、相手に死亡者が出ても構わぬ、それが戦争だ、と言っているような無人機の誕生です。ドローン機で宅配をしようという時代です。システム的にはでき上がっています。無人機は平和を目指さないでしょう。

度の合わぬメガネがヒトを差別する

良識と自分の知識レベルのズレが、度の合わぬメガネです。人を判断する時、どうしても自分と較べてしまいます。これから伸びる人と見るか、自分よりランクが低い人と見るか迷いました。聾者の採用にあたり、まず会社の負担を考えました。彼が自分で考えてくれることは、私の脳に浮かびませんでした。差別は自分のメガネの度のズレと実感しました。

All the world's a stage,
And all the men and women merely players.
by William Shakespeare

孫よりもルンバにやろうお年玉

買い替え時の掃除機が故障して、チラシを眺めていると、自動掃除機というのが目につき、妻と現物確認に出かけました。一坪くらいの囲いの中を元気に動く様子と、店員の説明から購入を決めました。わが家は、部屋が割合広く、片付いているので動きやすいらしく、良く機能を果たします。近所に住む孫娘が来た時の句です。

ペットのリード俺の点滴より長い

友の見舞いに行きました。かなり長い闘病生活で、端正な顔立ちにも疲れが窺えました。消化の臓器が機能せず、栄養の補給、排泄に苦労があるようでした。ポツンと「犬のリードの方が、この点滴管より長いヨ」と嗤いました。自由に歩き回りたかったのであろう。　その後十日程で彼は身罷りました。

All the world's a stage,
And all the men and women merely players.
by William Shakespeare

桃園の契り俺だけ生きている

古代中国の歴史小説「三国志演義」の序盤、「桃園の宴にて、劉備、関羽、張飛が義兄弟の契りを結び、生死を共にする宣言を行ったという部分で、蜀漢の建国に功績があったという史実に基づいて創られた逸話です。「吾ら三人、生まれし日、時は違えども兄弟の契りを結びしからは、心を同じくして助け合い、困窮する者たちを救わん。上は国家に報い、下は民を安んずることを誓う。同年、同月、同日に生まれることを得ずとも、同年、同月、同日に死せん事を願わん。皇天后土よ、実にこの心を鑑みよ。義に背き恩を忘るれば、天人共に戮すべし。」劇団員二人が創業し、数年後私も加わり、上場企業に迄育てました。創業者の二人はすでに他界し、私だけが残っています。「桃園の契り」も、最後は別々に身罷りました。

All the world's a stage,
And all the men and women merely players.
by William Shakespeare

戦も可 第九条が汗をかく

憲法第九条を読み、どのように解釈したら集団的自衛権などという詞が出てくるのか、乏しい高卒の国語力では難しすぎます。ひとえに、外交、同盟、などというお付合いの為ではないでしょうか。九条の汗は、間違いなく冷汗だ！

知事は軍手 陛下は素手の災害地

両陛下は、大きな災害が発生すると必ずお見舞いにお出かけになられます。避難所の床に膝をつかれて、被害者と握手をされたり、同じ視線の高さで言葉を交わされる。後ろに控える知事や随行者は軍手をして立っています。妃殿下も、スーツとしての白い手袋で、陛下と同じ高さに膝を曲げてしゃがまれます。あのお歳では、立ち上がるときに膝が痛むと思われますが、両陛下の御心遣いを感得する場面です。

All the world's a stage,
And all the men and women merely players.
by William Shakespeare

杞の人の憂い　現実味を帯びる

杞国の人が「天が落ちてくる」と心配をしたそうです。「杞憂」という、無用の心配、とり越し苦労を表す熟語として残っています。でも、昨今のこの星に起こる災害、事故などを観るにつけ、杞の国の人の憂いが現実味を帯びてきます。

片づけるな　ここで思考が止めてある

会社勤めをしていた頃のことです。女性事務員が、専務の部屋を掃除しました。余りに散らかっているので見るに見かねてのことです。すると、後から専務が飛んできて「俺の部屋は、掃除をせんでくれ！」とクレームをつけてきました。女性は吃驚していました。専務の言い分は、製品開発や、技術開発の思考を途中で止めてあるので、片づけられると「やり直し」になるのだそうだ。以後は、誰も手を出しません。

All the world's a stage,
And all the men and women merely players.
by William Shakespeare

どの戦争も理由をつけて始められ

戦争というものは、どんな場合でも大義名分を明らかにして行われます。ただし、相手側がそれを納得しようとすまいと、関係はありません。先の太平洋戦争も日本が仕掛けたのか、仕掛けられたのかは、関係者の言い分により分かれます。真珠湾に奇襲攻撃をかけたのは日本ですが。

植民地主義まで真似た開國派

江戸の末期、ペリーの軍艦に脅かされた日本は、欧州の他の国の黒船にも脅され、踊らされました。この遅れを取り戻すために、というのが開國派の論で、明治維新以来十年ほどの間に、内外で数度の戦争を経験しています。太平洋戦争もそれに連なるものと、私は理解をしています。

All the world's a stage,
And all the men and women merely players.
by William Shakespeare

トラックを途中で停める初日の出

物流を担うトラックの運転手が、元旦のニュースで映りました。アナウンサーの取材に「でも、こうして誰よりも早く初日の出に会えるのも、運転手なればこそです」と応じていました。何という、爽快な言葉であろうか、と思いました。正月早々に心地よい言葉を聴きました。

賽銭を恵むと言ってドヤされる

銀行に入りたての頃、慰安旅行があり、永平寺という禅寺に立ち寄りました。賽銭箱に五十円玉を入れましたが先輩との話の中で「お賽銭に五十円恵んだ」と言ってドヤされました。「喜捨をしました、と言いなさい！」。以降その先輩から、言葉の遣い方をいろいろと教えていただきました。

All the world's a stage,
And all the men and women merely players.
by William Shakespeare

どうやって竹に入ったかぐや姫

子供時代は「かぐや姫」の童話を読んでも疑問を感じませんでした。高校生になり「竹取物語」として授業を受けた時は、どうも釈然としませんでした。姫が竹の中にどうやって入ったか、という謎でした。友人にもその話をしましたが嗤われただけでした。俺の脳は理系なのだろうか？

勝ち馬を当てた馬券はかってない

私は賭け事が嫌いです。パチンコ、麻雀の類はやったことがありません。競輪は銀行時代に集金で競輪場へ行ったくらいです。競馬は、厩舎の馬が美しく、走っている姿が観たくて競馬場へ行きました。栗毛で筋骨逞しくスマートな馬を見つけ、これが一番になると思いました。予想どうり一着でのゴールでしたが、馬券を買っていませんでした。

All the world's a stage,
And all the men and women merely players.
by William Shakespeare

当を得た演出和紙の鶴四羽

オバマ前大統領が、八月六日の原爆の日に、広島での慰霊祭に参加されました。アメリカのトップとしては、初めてのことでした。その折に、和紙で折った鶴四羽を祭壇に供えられました。誰の進言かは知りませんが、日本中を感動させた演出だったと思います。資料館に今も残されています。

青虫はいつもサラダを食べている

野菜農家の老人がボソっと「儂の畑じゃ、除草剤や防虫剤は一切使っとらんのヨ。だから、虫が、一番美味いサラダを食べちょる」と。思わず大笑いをしました。スーパー等では、客のクレーム対応で、仕入れ野菜にある程度の薬剤を要求するらしい。あの老人は、料理やホテルに直売しているとのこと。

All the world's a stage,
And all the men and women merely players.
by William Shakespeare

児の疑問解くと絵本ができあがる

ＮＨＫのラジオ番組で「夏休み子ども科学電話相談」というのがあります。今年はコロナウイルスのせいで休校のため、特別番組の形式でも放送していました。子供達のあらゆる疑問に対して、その道の専門家が判りやすく（時には判り難く）答える番組です。子供の目は、心は、実に多彩に、多方面に向いています。子供たちの何故、なぜ、ナゼを絵にしませんか？　素晴らしい絵本ができると思いますヨ！

授かった赤子笑いも連れて来る

人間の赤子に限らず、動物の赤ちゃん全てが人間に笑みをもたらします。だから、テレビ番組などで幾度も「赤ちゃんシリーズ」が放映されます。どんな役者も、赤ん坊の笑顔、泣き顔、オッパイを飲んでいる時の満足そうな顔は、演技できません。

読書とは違った味がする句集

齢も喜寿を過ぎると、川柳仲間が各地に居ます。中には句集を上梓した人も多く、記念に頂いたり、購入したりで、私の書棚には結構並んでいます。時折、手に取ってみては顔を思い描きながら読んでいますが、何処を開いても何処で閉じてもよいので、非常に手軽です。すでに他界された方もありますが、閉じる時に合掌しています。

玉音放送聴くヒマワリに「完」の文字

太平洋戦争を題材にした、テレビ番組や映画が多くあります。玉音放送が流される場面で、どういう訳かヒマワリが大写しされます。その番組やドラマがENDになる場面ではありませんが、あのヒマワリそのものが「完」の文字に見えるのは、私だけでしょうか。

All the world's a stage,
And all the men and women merely players.
by William Shakespeare

仏像に国宝級という差別

同じような仏像なのに、国宝もあれば、国宝級もあり、重要文化財、ｅｔｃ・・・などと分けられています。いずれも古さでは引けを取らないのに。阿弥陀様や他の仏像たちも首を傾げていることと思います。

部下を持ち俺も部下だと識る組織

企業経営にはどうしても仕組みが要ります。その仕組みを組織と言います。組織表では、職場での横の繋がり、縦の指示系統が明確に判ります。時には、その中でしか仕事をしてはいけないという錯覚に陥ることがあります。仕事内容の権利、義務、責任のせいです。この表を眺めると、自分自身も部下であると認識せざるを得ません。ただし周囲の垣根は上手に飛び越えてきたつもりです。

All the world's a stage,
And all the men and women merely players.
by William Shakespeare

国家安康　独りよがりな論を研ぐ

京都東山茶屋町に、秀吉創建の寺院「方広寺」があります。一五九五年の大地震で倒壊しましたが一六一四年秀頼が再興、梵鐘の銘に「国家安康」の文字があったため、家康を二分し殺害する下心といちゃもんをつけられ、「大坂の陣」が起こりました。この程度のことで戦の理由になるのは、洋の東西、時代を問いません。

働きアリも三割ほどは働かぬ

新聞に掲載された記事です。蟻も蜂も約三割は働かないそうです。しかし、働いている方が少なくなると、それを補うように働きだす、補充の役を受持つそうです。これはヒトの社会でも同じことが言えますが、違いは、蟻や蜂は食わせて貰えるけれど、ヒト社会では食わせて貰えません。

All the world's a stage,
And all the men and women merely players.
by William Shakespeare

百名山こなし俺より早く逝く

私より十歳も若い女性。登山好きで毎月登っていました。手元にはいつも山の本があり、次に登る山を選んでいました。ガイドに出てくる百名山と言われる山は全部登ったらしい。数年前、ヒマラヤへ行ってきたと写真を見せてくれました。五千m程の山らしい。その彼女が急に腰痛を訴えるようになり、数か月で他界し、山の笑顔だけが遺りました。

ヒトラーに似てるトランプ氏の背中

ヒトラー総統は時代がずれているため話を聴いたことはないが、稀代の名演説家だったそうです。選挙で選ばれ、国家社会主義的なナチズムによる独裁政治となり、第二次世界大戦を引き起こしました。アメリカ国内のナショナリズムを扇動するトランプ式政治とどこか共通点を感じます。

All the world's a stage,
And all the men and women merely players.
by William Shakespeare

笑わせるより嗤われる芸が増え

最近のテレビ番組を観ていると、数人のタレントや批評家がワイワイ・ガヤガヤやっているだけの内容のないものが多い。そのため厭になり、チャンネルを変えると、そこでも同様ガヤガヤをやっています。最近はニュースしか見なくなりました。漫才は「やす・きよ」「大助・花子」が最後でした。コントの人達は聴かせる努力が足りないのでは？　嗚呼！

苗時代が思い浮かばぬ屋久の杉

桜の樹だって、沈丁花だって、苗の時代がありました。細い縄で根が括ってあるものをそのまま植えて、土を押えて水を遣りました。ところが屋久杉の苗は周りに一切見当たりません。始めからあの大木、古木で立っているような気がします。そんなはずないですよねー。

All the world's a stage,
And all the men and women merely players.
by William Shakespeare

同じだけ貰った時間この違い

誰でも、中学を卒業してからの時間数は同じです。高校を出てからも、大学を出てからも同じです。それなのに同窓会で顔を合わせた時のこの差はなんだ、と思いました。活き活きしてる彼、腰を曲げ杖を持つ彼女、活舌のよい人、入歯もぐもぐの人、資産の有りそうな人、資産の無さそうな人。

横綱もここが弱いと巻きテープ

相撲は格闘技です。本来ならば命を賭けたのでしょう。なのに、テープを巻いたり、サポーターを当てたりと、弱い所を敵に知らせるとはどういうことでしょう。「俺はこんなに傷だらけなのに頑張ってます」と観客への媚ですか？　それとも相手力士に「ここが痛むから触ってくれるな」ですか。

All the world's a stage,
And all the men and women merely players.
by William Shakespeare

化粧まわしが様にならないソップ型

相撲取りには二つの体型があります。ふとった方を「あんこ（鮟鱇）型」と言い、文字通り魚のアンコウです。やせた方を「ソップ型」と言い、鶏の出汁殻の骨、即ちスープを取った後のガラのことです。「ガラ型」でなくてよかったと思います。私も知りませんでしたが、広辞苑に出ていました。吃驚！

犬だって泣くと鳴くとを使い分け

動物が声を出すと、人間はすべて「鳴く」と表現します。しかし、動物だって使い分けしているのは多くいると思います。犬や猫は身近なペットですから、声の質が違うことくらい区別できます。動物園の飼育係さんに訊ねると、会話ができる動物はいっぱいいるらしいですよ。

All the world's a stage,
And all the men and women merely players.
by William Shakespeare

水桶を背負う児がいる世界地図

日本では、飲料水や家庭用水に困ることは殆どありません。しかしこれはむしろ稀な方らしいです。世界では容器を提げて三十分歩くという場所がザラにあるらしいです。これだけの科学技術を持つ人間が、何故、子供に水汲みをさせるのでしょう。

民主主義を魔法にかける多数決

多数決の場にもよりますが、不特定多数で数パーセントの差の場合は、日時を改めたりして、決のやり直しをすべきだと思います。例えば内閣の支持率が二十六%でも、即総辞職はしませんが、これと同じことです。昔、「声なき声を聴く」と言った総理がおられました。声なき声はいつでも聴いて欲しく思います。議会の場合は一票でも揉めます。

All the world's a stage,
And all the men and women merely players.
by William Shakespeare

当麻蹶速《たいまのけはや》　驚くだろう国技館

出雲の勇士である「野見宿禰《のみのすくね》」と、大和の勇士である「当麻蹶速」が垂仁天皇の命で相撲を取り、野見宿禰が勝ったのが相撲の始まりと言われています。その二人が国技館を見たら仰天するでしょう。余りの大きさと、屋根があることに。

投句箱の前でも悩む推す敲く

「サア、これで良し」と句箋に書いて持って行くのですが、投句箱の前でもう一度読み直します。前に居る人も同じように読み直しています。その時間は十秒有るか無しかですが「やはり、ここんとこを直そう」となって列から抜けます。新しい詞になるより、元に戻る方が多いのですが。もう一度推敲を！

困ったときはお互い様の結《ゆい》と講

農耕の民は、労力を出し合って大変な仕事をやり遂げました。田植え、屋根葺きを結、また神仏の祭り、参詣などをする時は講、頼母子講、などという相互扶助組織に発展させました（現在はすべて銀行となりましたが、相互銀行は、この頼母子講の組織化でした）。

九条を習う国家がない地球

憲法は、戦争に負けたが故に、占領軍から押し付けられたかに見えます。しかし日本の国会で議論もされ採決された憲法です。「まあ仕方ないか」という部分があったにせよ、国会で審議され、可決したのは事実でしょう。こんな理想的な内容を持つ憲法を他の国が真似をしない、否、できない。ナショナリズムとはそういうものらしい。

All the world's a stage,
And all the men and women merely players.
by William Shakespeare

平和だけで編む世界史は薄くなる

世界史の教科書は、ほぼ戦争に関する事件、事変、開戦、会議、条約ばかりで占められています。二十一世紀からは地球に加え、宇宙も加わるのかと思うとうんざりします。せめて宇宙は、天文学の分野に留めておいてほしく思います。

習字から書道に変わる時がある

どういう訳か親は子に字を習わせます。仮名や、簡単な漢字は親自身が教えますが、大方は近所の習字塾に通わせます。普段は筆を遣って文字を書くことはないので、殆どの子は一年も続かず止めてしまいます。しかし中には先生に褒められたりして、長続きする子がいて、中学生位から展覧会などで特選や金賞を貰うと、そういうことを機会に書道に進む子が出てきます。

All the world's a stage,
And all the men and women merely players.
by William Shakespeare

仏像も数詞は体という呼称

一体一体の仏像は、大層畏敬の念をもって接せられます。まるで像そのものが神であり、仏であるかのように。然しそれが複数になると、「体」というものを数える数詞になります。人間の場合は「人」ですが、「体」は物です。死体も同じです。

三十三間堂の仏像たちは、千体仏といいます。

記憶に無い　が国議で通る甘い国

議員の追及に、「記憶にございません」という応じ方が通ってしまいます。追及する方よりも、される側の方が度胸はあるし、手馴れています。私達は、テレビで見ているだけで嘘をついていることが判るのに！　ああもう焦れったいナア！

All the world's a stage,
And all the men and women merely players.
by William Shakespeare

生前葬やってみようか死ぬ前に

勲章、褒賞などを授与された方が、お礼の意味で祝賀のパーティなどを挙行します。年齢も「かなり」の場合が多いので、口悪く「生前葬みたいで…」とつい言ってしまいそうです。勿論言いませんが、「生前葬」と口にできるのはその当人だけですよネ。だからほとんど例が無くて、言葉だけがあるのか。広辞苑にも明鏡国語辞典にもない。

神仏 天使 悪魔は全部ヒト

地球という星に生きる生物で、人間だけが神仏、天使、悪魔の類を創造しました。それは、人間だけが恐怖や、嬉しいことを想像できるからだと思います。他の動物は、恐怖ではなく、危険を感じられるだけだと思います。

All the world's a stage,
And all the men and women merely players.
by William Shakespeare

原爆の投下は他への武力誇示

日本は、今のところ唯一の被爆国です。一九四五年八月六日は広島に、八月九日は長崎に原子爆弾が投下され、敗戦しました。当時、日本の国力、軍事力、経済力が殆ど無いと判っていたにも拘わらずです。私は、米国は、ソ連を始め核開発が進められていた国や（日本も）連合軍への武力誇示で投下したと思っています。後々、米軍に有利に事が運ぶように。そして、そのようになりました。

人情が味覚と気付く齢となる

「人情の機微に触れる」という慣用句があります。容易に察しられない、微妙な事情とか趣を言います。これに、酸い、辛い、甘い、苦いといった味覚や、熱い、冷たい、深い、堅い、柔らかいなどの形容詞が加わった情味が理解できるようになると立派な大人です。まあ耳順を過ぎてからです。

All the world's a stage,
And all the men and women merely players.
by William Shakespeare

星よりも光るホーキングの詞

ホーキングさんは肢体不自由者で、車椅子使用の世界的な物理学者です。言葉も儘なりませんが、遺された詞は星よりも光ります。『私たちはどこにでもある恒星の、マイナーな惑星に住む血統の良い猿にすぎない。しかし私達は宇宙というものを理解できる。そのために、ちょっとは特別な存在なのだ。』

入学を決めた理由は新トイレ

女子大生がテレビで喋っていました。「なぜこの学校を選びましたか？」「キャンパスが移ったばかりで、トイレが素敵でしたから」と。　そういえば、小学校へ入学した児が、学校のトイレで用がたせなくて家まで帰った、と教育委員の時に聴いたことがあります。学校は近かったそうです。

All the world's a stage,
And all the men and women merely players.
by William Shakespeare

ヒトらしく振舞う猿を見て笑う

人間は、人間をしか笑わない。猿や他の動物を見て笑うのは、彼らがあたかも人間らしく振舞うから思わず笑うのです。ものぐさな格好をしている犬や猫を嗤うのは、家にいる父ちゃんと似ているから嗤うのです。テレビの「天才！　志村どうぶつ園」を思いだしました。

地球上の悪を煮つめているマグマ

灼熱地獄という詞は、地下のマグマのことだと理解しています。火山は昔からヒトの中では認識されていましたから、悪の行き着く場としての感覚が醸成され、地獄という場が創造されました。もちろんその前に、地上を「この世」という現実の世界に居ればこそのことですが。

All the world's a stage,
And all the men and women merely players.
by William Shakespeare

看護師が実習生の札を下げ

「点滴を打っていたらサ、看護師が入ってきて点滴を追加しますって言うのよ。下げた名札に『実習生』と書いてあるんで、いつもの人は？って訊くと、午前中で帰りましたというんだ。ちょっと、ビビったよ」。

反逆罪の証拠になるか創句帳

川柳は、話し言葉で、省略形で、最小の音字で創ります。従って、読む人によっては主語が替わってしまったり、意味合いまで変わることがあります。検閲制度みたいなものが制定されると、真っ先に槍玉にあがると想定されます。香港の「国家安全維持法」なら、間違いなく収監されます。

昔のお上批判は命がけで落書をしたためました。私の句もそんな内容が結構ありますから、へへへ・・・。

All the world's a stage,
And all the men and women merely players.
by William Shakespeare

賞味期限とっくに過ぎた非常食

非常食を詰めた箱は、普段はほとんど開けることがありません。何かで話題になるとわが家も開けてみるぐらいです。「アラ、これ賞味期限が切れている！　そうだ、今夜はこれを使おう」で今夜は手抜きの食卓です。

道徳教育唱える側に多い嘘

行政は、道徳を徳育として授業にしました。その行政がモリ、カケ、大学入試、をはじめいい加減な嘘答弁を繰り返しています。

駄句ばかり集大成をしても駄句

この本を上梓するために、約十万句の中から佳い句を選りました。後になって読んでみると、矢張り駄句！

All the world's a stage,
And all the men and women merely players.
by William Shakespeare

シャボン玉一つ一つが虹を持つ

太陽を背にシャボン玉を吹いてやると、その一つ一つに虹が見えます。「ボクのは虹が出ないのにどうして？」と不満そうです。魔法をかけてやりました。「今度は、ソーッと吹いてごらん」と言うと虹が出ました。それ以来ボクは、ソーッと吹くと虹が出ると思っています。

文化の日設け文化を見失う

文化と文明の違いが理解できますか？　にも拘らず「文化の日」があって「文明の日」はありません。確認してみます。文化「人間が精神的な働きによって生み出した思想・宗教・科学・芸術などの成果の総体。又、民族・地域・社会などでつくり出され、人々に共有・習得され受け継がれた行動様式・生活様式の総体」。文明「技術の物質的な成果の総体」。判りました？

All the world's a stage,
And all the men and women merely players.
by William Shakespeare

御品書き　笑顔無料と書いてある

どこのフード店か忘れました。三、四十年前のことです。旅に出た折り、仲間と共に入りました。仲間がふざけて「この無料をください」と言うと女店員は吃驚して見ましたがすぐに「ニコ」っと笑いました。書いてあったからでなく、客の剽軽さをです。それからのことは知りませんが、その女店員はきっと愛想よくなったと思います。

黒とブラック使い分けする日本語

本来、黒とブラックは同じ意味合いの筈ですが、日本語として使う場合は黒の方が強く、汚く、危険、陰湿に聴こえます。

黒「黒い噂・黒幕・黒い霧・暗黒・黒船」

ブラック「ブラックアフリカ・ブラックリスト・ブラックユーモア　ブラックホール・ブラックパワー・ブラックマネー」

All the world's a stage,
And all the men and women merely players.
by William Shakespeare

遺伝情報ヒトと猿との差は二％

新聞に掲載されていましたが、ヒトとチンパンジーの遺伝子情報の差は二％だそうです。ということは、九十八％は同じということです。この僅かな差が、観る差、見られる差なのですね。彼等の能力を活かせる場を人間が邪魔をしてきたのかも知れません。

絶頂に消える美学で生きている

私は、自分の脳力を過信はして来なかったつもりです。どれも「並」と思ってきました。ただスポーツだけは今も「並以下」と思っています。「並」の人間が出しゃばるのは、本人が惨めだと思います。こういう考え方ですから、今までの人生を振り返ると、他人から見ると中途半端で逃げ出すように見えたかもしれませんが、これからもそうします。

本当の過去は暴かぬ大戦史

戦争というものは双方が大義を持つと思っています。ならば、その反省についてはわが国だけの資料、書籍等で検証するのは間違いではないでしょうか。関係した国家、人達が集まって総纏めを行い、始めて本当の戦史ができ上がり、次の備えになると思います。真珠湾は？　原爆は？　大陸侵攻は？　条約破棄は？

どの相が自分か 悩んでいる道化

私はこの五十年、自分の本性は道化である、と茶化して生きてきました。この本のどのページにもある道化のカットとシェークスピアの「お気に召すまま」の台詞は、私の生き様のシンボルとして大切にしてきました。私製便箋にも印刷して五十年になりますが、やはりこの句のように悩んでいます。

毎日がコピーで過ぎる自粛の日

今年は、新型コロナウイルスで年が明けました。アメリカは、中国武漢の研究所が発散元と喧伝していますが、ウイルスというものは、いつでも、どこでも出現するものだと思います。毎日が自粛・自粛で嫌になっています。「昨日より一歩前へ」をモットーにしてきた身には、コピーも自粛も敵です。

ゲーム機の端についてる核ボタン

疲弊して敗けかかっている国に、ダメ押しで原子爆弾を落とした国です。逆上した結果ではありません。しかし現代は、逆鱗を幾つも持っている人がトップにいる国が幾つもあり、夫々核兵器を持っています。いつか逆上して、ないしはついウッカリと隣のボタンを押してしまいそうで心配です。

All the world's a stage,
And all the men and women merely players.
by William Shakespeare

おわりに

武山　博

装丁ばかりが立派で、内容がお粗末になってしまいましたが、「おわりに」まで読んでいただきましたことを厚く御礼申し上げます。

句集を完成させて改めて思うことは、私は周囲の方々のお陰でこれまで育てていただいたということを、まざまざと感得させられたということです。

四歳で朝鮮から引き揚げてきたときの船の中の復員兵から貰った金平糖を皮切りに、盗み食いしたトマト畑の御百姓の言葉、どもりの同級生の真似をして、自分も吃音症になり、その矯正訓練の結果が音楽やお芝居に繋がり、更にそれが未来工業という会社へ、川柳にも繋がっていくという一連の連鎖というか、あざなえる縄を目に

All the world's a stage,
And all the men and women merely players.
by William Shakespeare

するにつけ、自分の運命の不思議さ、面白さを感ぜずにはいられませんでした。

この本の最後の二ページ程度で、八十年余の交情をいただいたお礼を申し上げることはとても足りませんが、見守ってくださった総ての皆様方に感謝のご挨拶を申し上げたいと思います。

お読みいただいて、多少の歪《いびつ》さをお感じの方もあるやもしれませんが、こんな奴もいるのかと嗤い流していただければ幸いです。

ありがとうございました。　礼！

二〇二〇年十二月

【著者略歴】

武山　　博（たけやま・ひろし）

昭和16（1941）年8月28日		北朝鮮咸鏡北道城津郡生まれ
昭和20（1945）年		敗戦、10月に引揚船で帰国（愛知県奥町）
昭和35（1960）年	3月	大垣北高校卒業
	4月	十六銀行　入行（赤坂支店）
		未来座　入座
昭和42（1967）年		結婚
		六銀行大垣駅前支店（現大垣支店）転勤
昭和45（1970）年		長女誕生
昭和46（1971）年		次女誕生
昭和47（1972）年	3月	十六銀行　退職
	4月	未来工業　入社
平成3（1991）年	9月	大垣川柳会入会　現在に至る
平成5（1993）年	11月	未来精工㈱　社長就任
平成12（2000）年	8月	未来精工㈱　社長退任
	6月	未来工業㈱　社長就任
平成17（2005）年	6月	未来工業㈱　社長退任
平成28（2016）年	4月	大垣市文化連盟　副会長就任　現在に至る

以後、ニングルの会5周年「月光の夏」」客演（2010）、めだかの学校10周年コンサート客演（同年）、大垣市民創作劇「お庵さま」（2012）、「江馬蘭斎伝」（2013）、「いのちの水の物語」（2014）出演、藤間流日舞「金枝之の會」客演（2015）、中島弘義バリトンリサイタル賛助出演（2016）など。

現住所　　〒503－0023　岐阜県大垣市笠木町789－1

All the world's a stage,
And all the men and women merely players.
by William Shakespeare

川柳　ひとり歩き

○

令和３年２月22日　初版発行

著　者

武　山　　博

発行人

松　岡　恭　子

発行所

新　葉　館　出　版

大阪市東成区玉津１丁目9-16 4F　〒537-0023

TEL06-4259-3777 FAX06-4259-3888

https://shinyokan.jp/

印刷所

株式会社 太 洋 社

○

定価はカバーに表示してあります。

ISBN978-4-8237-1054-4